나도 책이란 말씀이야!

나도 책이란
말씀이야!

초판 1쇄 인쇄일 2025년 1월 13일
초판 1쇄 발행일 2025년 1월 23일

지은이 정 미
그   림 김송이
펴낸이 양옥매
디자인 송다희 표지혜
교   정 조준경
마케팅 송용호

펴낸곳 도서출판 책과나무
출판등록 제2012-000376
주소 서울특별시 마포구 방울내로 79 이노빌딩 302호
대표전화 02.372.1537 **팩스** 02.372.1538
이메일 booknamu2007@naver.com
홈페이지 www.booknamu.com
ISBN 979-11-6752-580-2 (73810)

* 2023년 한국문화예술위원회 문학창작발표지원금 선정작

나도 책이란 말씀이야 !

정 미 · 지음
김송이 · 그림

책과나무

작가의 말

안녕, 친구들!

이번 이야기의 주인공은 책과 그리고 친구들… 그래, 이 책은 여전히 종이책을 읽고 사랑하는 친구들의 이야기야. 책이야랑 여행을 떠난 기억이 없다고? 책을 펼쳐 봐, 다 떠오를 거야. 종이책 속 주인공, 우리의 친구 '책이야'와 함께 떠나는 추억의 모험이 기다리고 있어!

책은 언제나 우리에게 따뜻하고 재미있는 이야기를 들려주는 멋진 친구잖아.

책이야와 종이책 속 캐릭터들이 게임 속 괴상한 캐릭터들과 맞닥뜨리게 된다고 해! 이건 마치 고전적인 대결처럼 두 세계가 만나는 멋진 순간이지.

자신만의 능력과 매력을 가진 캐릭터들이 어떤 이야기를 펼칠지 기대되지 않니? 이 이야기를 통해 너희도 종이책과 전자책이 친구가 되는 모습을 상상해 보면 좋겠어. 언제나 친구들의 멋진 상상력을 응원할게.

그럼, 책이야와 책 속으로 두근두근 여행을 떠나 볼까? 종이책에 빠져 사는 친구들에게 이 책이 사랑을 듬뿍 쏟아 주기를 바랄게.

차례

안녕?
나는 종이 인형 '책이야'

'앗, 아이들이다!'

책이야는 고개를 번쩍 들었다. 그러고는 낑낑 힘겹게 만들기 책에서 떨어져 나왔다.

방학 내내 고물상의 창고에 갇혀 있던 책이야는 몸을 흔들어 그동안 쌓인 먼지를 털어 내고는 창틀에 턱을 걸쳤다.

"하아, 힘들어……. 헥헥."

책이야는 밖을 뚫어지게 내다보았다. 창문이 가까워서 밖을 볼 수 있어 다행이었다. 그동안 몸은 약해질 대로 약해져 있었고, 무엇보다 심심해서 죽을 것만 같았다.

마침 아이들이 창문 근처를 지나가고 있었다. 책이야는 온 힘을 다해 아이들을 향해 소리쳤다.

"얘들아, 나 좀 꺼내 줘! 난 이야기 써 줄 친구를 찾고 있어. 친구, 친구가 필요해."

하지만 아이들은 거들떠보지도 않고 쌩하니 지나가 버렸다. 책이야가 있는 고물상 창고에서 아이들을 만나기란 하늘에서 별 따기였다. 그래서 책이야는 방학이 끝나기만을 기다렸다.

이유는 분명했다. 사실 책이야는 한 아이가 만들다 만 책 속의 캐릭터였기 때문이다. 학교에서 창의활동으로 책 만들기를 했는데, 책이야를 책 표지에 '착!' 붙여 준 아이가 만들기 책을 그만 고물상 앞에 떨어뜨렸다. 그렇게 책이야는 분실물 보관함에 버려졌다가 고물상 창고에 갇히게 된 것이다.

책이야는 비닐로 코팅된 종이 인형이었다! 찍찍이 접착테이프로 만들어져 책 표지에 붙었다 떨어졌다 할 수 있는 캐릭터였다. 몸통은 길쭉한 직사각형이고, 얼굴은 동그랗다. 눈은 정사각형에, 코와 입은 철사 같았다. 팔은 연필, 다리는 색연필처럼 생겼지만 깔깔 웃는 표정이 유쾌해 보였다.

그래서 책이야는 마치 현대 미술 작품처럼 특이한 모습이었다. 하지만 책이야가 원하는 건 예술 작품이 되는 것이 아니라 아이들의 상상 속에서 살아 숨 쉬는 책이 되는 것이었다.

그러나 책이야가 아무리 재밌게 생겼더라도, 책이 완성되지 않으면 쓸모없는 종잇조각에 불과했다. 만들기 책에게는 그 안에 채워질 이야기가 생명과 같았기 때문이다. 사람들이 밥을 먹어야 하는 것처럼, 책이야도 이야기를 먹지 않으면 시름시름 앓다가 누렇게 탈색되어 결국에는 죽고 말 것이다.

학기 중엔 책이야도 점점 채워지는 이야기와 그림으로 살이 통통하게 올랐었다. 하지만 고물상에서 아무것도 먹지 못해 굶주림에 허덕여야만 했다. 죽음이 코앞에 있는 것 같았다.

"으으……. 저건 뭐지? 귀신? 이제 헛것까지 보이네."

무언가의 움직임에 깜짝 놀란 책이야는 두 눈을 비비고 다시 쳐다봤다. 알고 보니 책상 위의 책이 펄럭인 것이었다. 금방이라도 책 속에서 뻥 뚫린 눈을 가진 해골 캐릭터가 튀어나올 것 같았다.

그래도 책이야는 완성된 책이면 뭐든 부러웠다. 책들은 자신만의 이야기를 가졌으니까, 자신도 아이들이 좋아할 만한 이야기로 채워진 책이 되고 싶었다. 그래서 책이야가 제일 하고 싶은 말은 '나도 책이란 말씀이야!'였다.

책이야는 아이들의 것이라면 뭐든 좋고, 궁금하고, 그런 걸 마구마구 먹어 **빵빵**하게 배를 채우고 싶었다. 아이들이 있는 곳이라면 어디든 찾아가고 싶었다.

"얘들아, 보고 싶어. 배고파, 제발 이야기를 먹게 해 줘! 내 소원은 진짜 책이 되는 거야. 나도 책이라고!"

책이야는 계속해서 소리쳤다.

그때였다. 아까 펄럭였던 낡은 책 속에서 안경을 쓴 할아버지가 불쑥 나타나는 게 아닌가?

"후우~ 시끄러워서 잠을 잘 수가 없군. 애들이 보고 싶다고?"

"네, 저는 이야기를 써 줄 친구가 있는 곳으로 가야 해요. 할아버지, 혹시 아이들이 모이는 곳을 아세요?"

"학교는 방학이라 그렇고, 한 군데 있긴 한데."

"그, 그곳이 어딘데요?"

"저기 달동네에 아이들이 모이는 책방이 있단다. 그곳은 '상상의 책방'이라고 불리지. 하지만 그 책방까지 가는 길이 만만치 않아. 건물 전체가 PC방인데, 통로는 게임 캐릭터들이 득

실거리는 곳이야. 그들은 아이들이나 책 캐릭터들을 PC방으로 끌어들이느라고 혈안이란다. 그래서 책방으로 가는 게 낙타가 바늘구멍으로 들어가는 것보다 어렵다고 해. 하지만 그곳만 지나면 상상의 책방에 갈 수 있지. 기다란 복도 끝에 뒷마당으로 가는 문이 있는데, 그곳에 동화 작가가 아이들을 위해 여는 책방이 있단다."

"할아버지는 그걸 어떻게 아세요?"

책이야는 반가운 소식에 설레면서도 믿기지 않았다.

"내가 할아버지 아니냐. 낡은 책에 박혀 있는 캐릭터여도 오래 산 만큼 모르는 거 빼고 다 알지. 사실, 나도 그 책방에서 살아 봤거든. 지금은 고물상에 폐지 신세로 누워 있지만."

책이야는 기쁨에 팔을 흔들면서 폴짝폴짝 뛰었다.

"할아버지, 고맙습니다. 당장 상상의 책방으로 아이들을 찾아가야겠어요. 어떻게 가요?"

할아버지는 고개를 저으며 말했다.

"달동네까지야 고물상 손수레를 타고 갈 수 있을지 몰라도, 그 책방까지는 위험해. 게임 캐릭터들이 워낙 사나워서 말이야. 우리 같은 책 캐릭터들이 근처에 갔다가 게임기에 빨려 들어 죽임을 당했다는 소문이 많아. 그러니까 그냥 이곳에서 나랑 지내는 게……."

"싫어요! 이런 고물상에 갇혀 있는 것보단, 게임 캐릭터들이 아무리 무섭더라도 도전해 볼래요. 그래야 제 꿈을 이룰 수 있거든요. 진짜 책이 되어 책꽂이에 '착!' 꽂혀 있다가 나를 찾은 친구와 재밌게 노는 꿈. 정말 멋지지 않나요?"

그러자 할아버지는 혀를 끌끌 차며 안쓰럽다는 듯 말했다.

"쯧쯧……, 꿈이야 늘 멋지지. 하지만 요즘 애들이 누가 종이책을 읽니? 핸드폰으로 웹툰 보거나 게임하느라 바쁜데, 책 따윈 신경도 안 쓴다고. 그 책방에 간다고 해도 사나운 게임 캐릭터들한테 잡혀서 짓밟히고 결국 껍데기만 남아 다시 고물상으로 돌아올 게 뻔해. 왜 그 험한 길을 굳이 가려는 거냐?"

하지만 책이야의 결심은 단호했다.

"꿈을 이루는 게 쉬우면 책이 재미있겠어요? 어려울수록 흥미진진하잖아요. 글이 살아 움직이는 것처럼 생생하면 아이들도 분명 책을 좋아할 거예요. 작가는 단 한 명의 진짜 독자를 위해 글을 쓴다고 들었어요. 저도 그런 책이 되고 싶어요. 그러니까 제발 고물상에서 나갈 방법을 알려 주세요. 네? 빨리요. 제발요!"

"허 참, 너도 참 끈질기구나."

책이야의 간절한 부탁에 할아버지는 고물상 주인이 창고를 찾아오는 때를 알려 주었다. 그러고는 다시 낡은 책 속으로 들어가 책장을 덮고 겨울잠을 자려는 듯 이내 잠잠해졌다.

책이야는 *끄응* 힘내서 분실물 보관함 쪽으로 미끄러지듯 이동했다. 분실물 보관함은 찌그러진 지구본과 해골 뼈다귀 사이에 있었다. 책이야는 그것들을 무시하듯 분실물 보관함에 놓인 만들기 책에 딱 붙어서 문이 열릴 때를 기다리다 스르르 잠이 들었다.

두근두근
고물상 탈출기

끼이익!

고물상의 대문이 열리는 소리가 들려왔다. 고물상 주인이 손수레를 끌고 들어오는 소리였다. 그 소리에 잠이 깬 책이야는 언제 잠들었냐는 듯 기쁨에 몸을 떨었다.

"드디어 그날이 온 거야! 곧 창고가 열릴 거야!"

굶주린 배를 움켜쥔 채 책이야는 신이 나서 외쳤다.

"아저씨, 여기예요! 빨리 와서 날 좀 꺼내 주세요. 글을 못 먹어서 아이들 얼굴이 점점 흐릿해져요! 얼른 나를 꾸며 줄 친구들을 만나야 해요."

책이야는 자신을 만든 친구를 기억하려고 애쓰면서 계속 외쳤다.

"아, 나를 만들던 그 호기심 가득한 눈동자들을 만나고 싶어요. 아기 새처럼 노래하던 아이들의 재잘거림을 들으며 함께 있고 싶어요. 아저씨, 제발 빨리 와 주세요!"

책이야는 침을 꼴깍 삼키고는 눈을 감았다.

'아이들 재잘거림만 들어도 비어 있는 만들기 책이 꽉 차겠지?'

책이야는 뭉클뭉클 가슴이 부풀어 오르는 것을 느꼈다. 생각만 해도 군침 도는 사각사각 글을 쓰는 소리, 아름답게 옷을 입혀 줄 무지개 펜, 그것들은 책이야에게 생명을 불어넣어 줄 필수품이었다.

"왜 아직도 창고 문을 안 여는 거야? 응? 흥!"

책이야는 조바심에 투덜거렸다. 다행히도 그때, 창고 쪽으로 다가오는 발소리가 들렸다.

"야호, 아저씨가 드디어 날 데려가려고 오셨다!"

정말로 고물상 주인이 창고 문을 열더니 그동안 모아 뒀던 재활용품을 손수레에 싣기 시작했다.

"어이쿠, 먼지 좀 봐! 청소 좀 해야겠는걸."

아저씨는 먼지가 쌓인 헌 책상 위를 손가락으로 쭉 그었다. 그 모습을 본 책이야는 속이 부글부글 끓어올랐다.

'흥, 책상에 쌓인 먼지는 보면서 이렇게 멋진 나를 못 보다니!'

책이야는 아저씨의 손가락을 깨물어 버리고 싶었지만, 꾹 참

앗다. 왜냐하면, 사실 아저씨는 만들기 책 따위엔 관심이 없다
는 걸 알고 있었기 때문이다. 그래도 더는 이 답답한 곳에 갇
혀 있는 건 싫었다.

"재활용할 만한 물건들은 다 꺼냈군."

아저씨는 손수레에 실린 재활용품들을 바라보며 나지막하게
혼잣말했다.

'멈춰, 기다려! 나도 데려가. 제발 날 나가게 해 달라고!'

18

책이야는 있는 힘을 다해 외쳤다.

하지만 아저씨의 귀에는 책이야의 목소리가 들리지 않은 모양이다. 아저씨는 창고를 한 번 쓱 훑어보고는 그냥 문을 닫으려 했다.

'이러다 계속 갇혀 있겠어.'

책이야는 책상 위의 지구본을 발로 확 밀쳐 버렸다.

"챙그랑, 챙챙, 챙!"

문을 닫으려던 아저씨가 깜짝 놀라서 중얼거렸다.

"뭔 소리지? 혹시 귀, 귀신?"

깜짝 놀란 아저씨는 조금 무서웠지만 지구본을 줍기 위해 창고 안으로 다시 들어올 수밖에 없었다. 재빨리 지구본을 제자리에 올려놓던 아저씨의 눈에, 책상에 놓인 분실물 보관함이 들어왔다.

눈치가 빠른 책이야는 지구본을 차지 않은 척, 분실물 보관함에 놓인 만들기 책의 표지에 '척!' 붙어 죽은 듯이 누워 있었다.

"이 이상한 책은 백지가 꽤 남았네? 나도 책이란 말씀이야? 책제목이 뒤표지에 있는 건 첨봐! 애들한테 주면 좋아서 계속 이야기를 만들겠는걸."

아저씨는 혼잣말하며 만들기 책을 손수레에 올려놓았다. 그렇게 책이야는 창고를 빠져나왔다.

도로 위에서
만난 꼬맹이

흔들흔들! 빵빵! 끼익!

책이야는 손수레 위에서 시끌벅적한 거리를 바라보며 두 눈을 꼭 감고 귀를 막았다.

'시끄러워! 이런 곳 사람들이 책을 읽기나 하겠어? 저것 봐, 나를 쳐다도 안 보잖아. 끙.'

책이야는 실망감에 짧게 신음을 내뱉었다.

'가만히 책과 눈 맞추는 아이가 책의 친구이지 않나요?'

안 그래도 책이야는 참을 만큼 참았다. 상상의 책방으로 갈 줄 알았는데, 웬걸. 엉뚱한 곳으로 온 것이었다.

'아, 머리 아파, 여기서 빨리 떠나야 해! 이런 곳에서 애들이 어떻게 나를 보겠어? 당장 뛰어내려 상상의 책방을 찾아가야

해. 근데 PC방 건물부터 찾아야 하는데……. 어쩌지?'

그러기 위해서는 누군가 책이야에게 관심을 보여야 했다. 그런데 만들다 만 책 따위에 누가 관심을 가져 줄까? 책이야는 입술이 바싹바싹 탔다.

'곧 내가 얼마나 멋진지 알아볼 아이들을 만날 수 있을 거야. 조금만 더 참자. 조금만.'

책이야는 마음을 차분히 다스렸다.

그때, 아저씨가 중고물품 가게 앞에 손수레를 세웠다. 시끄러운 도로를 벗어난 골목길이었다. 책이야는 혹시 아이들이 있나 하고 고개를 눈곱만큼 들고는 이리저리 골목을 살폈다. 해 질 녘이라 바람이 찼다.

'쳇, 보라구! 아무도 없잖아. 어? 뭐지?'

찬바람 부는 골목길을 여자애가 혼자 걸어오고 있었다. 고개를 숙인 채 타박타박 걷는 모습이 키가 작아선지 통통해 보였다. 그런데 갑자기 소맷자락으로 눈을 닦았다. 저 여자아이, 혹시 우는 걸까?

"어휴, 시간만 낭비했어. 범용이가 PC방에 빨리 안 들어가는 바람에 책방에 갈 기회를 놓쳐 버렸어. 상상의 책방에도 못 갔는데, 벌써 저녁때잖아."

눈에 먼지가 들어갔는지 꼬맹이가 혼잣말하며 눈을 비볐다.

'상상의 책방?'

책이야가 말하는 순간, 꼬맹이가 책이야를 집어 들었다. 허공에 붕 떠서 흔들리는 바람에 책이야는 어질어질했다.

'으악, 날 놓아줘! 그만 좀 흔들라고. 그렇지 않아도 배고파서 어지럽단 말이야!'

책이야는 바닥으로 떨어질 것 같아 소리쳤다. 누군가 자기를 붙잡고 흔들면 누구든 이렇게 소릴 지를 것이다.

"뭐야? 이, 책은 책 제목이 뒤에……? '나도 책이란 말씀이야!' 자기가 책이라고? 만들다 만 책이, 자기도 책이라고? 진짜 웃겨, 오늘 다른 책도 못 봤는데 이거라도 읽어 볼까."

혼잣말하는 꼬맹이의 말에 책이야는 멀미가 날 정도로 흔들렸지만, 너무너무 신이 났다. 책을 좋아하는 친구를 만난 것 같았기 때문이었다.

꼬맹이가 막 책이야를 표지에서 떼어 내려는 찰나였다. 중고 물품 가게에서 나온 고물상 아저씨가 말했다.

"그 책을 읽는 거니? 맘에 들면 가져도 돼. 우리 애들 주려고 가져왔는데, 큰 애들이니까."

"정말 가져도 돼요? 만들기 책에 붙은 캐릭터가 정말 귀여워요. 학교에서 만든 책인데, 누구 것인지 모르겠지만 혹시 주인을 찾을 수 있을지도……."

꼬맹이가 아저씨를 바라보며 말했다.

'그러니까, 얘가 나를 만든 친구를 찾아 줄 거란 말이지? 당장은 상상의 책방엔 못 가더라도 나를 꾸며 줄 친구를 찾으면 되니깐, 괜찮아. 야호!'

책이야는 기쁨에 힘이 솟아올라, 자기도 모르게 책 표지에서 번쩍 머리를 들고 말았다.

"어어어?"

꼬맹이가 책을 땅바닥에 떨어뜨리고 말을 잇지 못했다. 책 표지에 붙어 있던 책이야가 마치 살아 있는 것처럼 머리를 든 모습을 본 것이다. 꼬맹이가 놀라자 책이야는 언제 그랬냐는 듯이 순식간에 표지에 '착!' 달라붙었다.

"애야, 표지에 붙은 인형이 떨어지겠다. 가져가려면 얼른 주워서 가방에 넣어라."

아저씨 말에 꼬맹이가 재빨리 책을 주웠다. 책이야는 책 표지의 책 캐릭터답게 딱 붙어 있었다. 꼬맹이가 안도의 숨을 내쉬며 말했다.

"이 책……."

"맘에 안 들면 손수레에 둬도 돼. 근데 안색이 안 좋은데 어디 아픈 건 아니지?"

꼬맹이의 놀란 얼굴을 살피며 아저씨가 물었다. 꼬맹이는 책 표지에 붙은 책이야를 쳐다보면서 고개를 끄덕였다. 아저씨가 웃으면서 꼬맹이에게 덧붙였다.

"학교에서 만든 책이니까, 주인을 찾아 주든지. 주인이 없으면 네가 책을 완성해 봐. 제목도 좋고, 표지에 붙은 주인공도 특이해서 진짜 재미있는 책이 될 것 같아. 그렇지?"

"네, 먼저 책 주인을 찾아볼게요."

꼬맹이는 만들기 책을 가방에 쏘옥 집어넣었다.

다시 몸이 흔들렸지만 책이야는 이번에는 어지럽지 않았다. 책을 완성해 줄 이야기를 먹으러 이 친구와 함께 여행을 떠난다는 생각에 가슴이 벅찼기 때문이었다.

'드디어 나를 완성해 줄 친구를 만난 거야! 이 친구가 나를 주인공으로 활약하게 해 주겠지? 그럼 난 재밌는 내용으로 배가 빵빵해질 테고! 짱, 재미있는 진짜 책이 될 거야. 고물상에서 소원했던 일이 이루어지는 거야. 야호, 나도 책이란 말씀이야!'

책이야는 기대감에 잔뜩 부풀어 올랐다. 그래서 결심했다. 최선을 다해 만들기 책이 완성될 수 있도록 돕겠다고. 그래야 자신의 소원인 진짜 책이 될 수 있을 테니까!

상상의 친구는
필요 없어!

"야호! 야호!"

신이 난 책이야는 만들기 책 표지의 찍찍이 접착테이프에서 떨어져 나와 펄쩍펄쩍 뛰었다.

"이제 가방을 살펴봐야지. 얘가 누군지 알면 더 빨리 친해지고 배고픔도 사라질 테니까."

책이야는 피어오르는 호기심을 가라앉힐 수 없어서 가방 속을 이리저리 돌아다니기 시작했다. 그런데 가방 안에는 필통과 자신이 붙어 있었던 만들기 책뿐이었다.

그때, 호기심 가득하지만 겁도 많은 책이야는 잠깐 멈칫했다. 가방 옆 칸에 뭔가 두툼한 물건이 느껴졌기 때문이었다.

'옆 칸으로 넘어가 볼까? 힘든데 그냥 둘까?'

잠시 망설이던 책이야는 새 친구를 만난 기쁨에 힘을 내어 옆 칸으로 슝 넘어갔다.

'와! 일기장이다!'

눈을 반짝이며 책이야는 일기장 속으로 엉금엉금 기어들어 가 글자들을 읽기 시작했다. 일기장을 통해 꼬맹이의 요즘 생활을 알 수 있어서 기뻤다. 책이야는 일기를 읽고 또 읽었다.

"오잉? 방학 동안에 할머니 댁에 가 있어서 상상의 책방에 못 갔다고? 계속 안 가면 큰일인데……. 어쩌지?"

책이야는 걱정이 되어 땀을 삐질삐질 흘렸다. 그러고도 계속해서 일기장 속 글자를 읽어 내려갔다.

"크윽윽."

시원하게 트림을 한 다음, 다음 쪽으로 넘어갔다. 그동안 못 먹었던 이야기로 배가 빵빵해진 책이야는 일기장 속에 벌렁 드러누웠다. 오랜만에 먹은 이야기들로 힘은 생겼지만, 갑작스러운 폭식에 모든 게 귀찮아진 것이다.

그때 갑자기 꼬맹이가 걸음을 멈췄다.

'드디어 꼬맹이네 집에 도착한 걸까?'

책이야는 꼬맹이가 가방을 열자 긴장했다. 곧 만들기 책을 꺼내 책이야가 붙어 있는 만들기 책을 이런저런 이야기들로 예쁘게 꾸며 주겠지? 모든 것이 책이야의 생각대로 흘러가고 있었다.

꼬맹이가 만들기 책을 막 꺼내려는 순간, 웬 상냥한 여자의 목소리가 들렸다.

"민지야, 요즘 왜 책방에 안 왔니? 선생님이 기다렸잖아. 잠깐 들렀다 갈 거지?"

혹시 책방 얘기를 하는 걸까? 책이야는 귀를 바짝 세웠다.

"오늘은 못 가요."

꼬맹이가 풀죽은 목소리로 웅얼거렸다. 책이야는 이 꼬맹이의 이름이 민지라는 걸 알 수 있었다.

"아, 맞다. 할머니 댁에서 오늘 왔다고 했지? 얼른 집에 가서 동생 챙겨. 내일 동생 유치원 보내고 책방에 오기로 하고, PC방에 들락거리는 애들이 많으니까 이곳에서 머뭇거리지 말고 얼른 집에 가. 알겠지?"

선생님이 다정하게 말하고는 복도를 걸어가는 듯, 또각또각 발소리가 통로에 울려 퍼졌다. 발소리가 멀어지자마자 민지가 만들기 책을 꺼내려 했다.

"아, 안 돼! 지금 만들기 책을 꺼내면 안 된다고!"

빵빵하게 부른 배를 땅땅 두드리며 일기장 속에 누워 있던 책이야는 깜짝 놀란 나머지 일기장 속에서 부리나케 나오다가 가방의 구석에 처박혔다.

책이야가 책 표지에 붙어 있지 않다니! 민지도 놀라지 않을 수 없었다.

"어떻게 된 거지? 책 표지의 쫄라맨이 없어졌잖아! 틀림없이 붙어 있었는데. 걸어올 때 떨어져 버렸나? 아니, 아까 살아 움직인 것 같았는데 진짜였나? 상상의 책방에 다니는 친구들 중에 주인이 있을 것 같아서 가져왔는데……. 어떡하지? 귀여운 캐릭터를 잃어버렸어."

민지는 건물의 계단에 털썩 주저앉아, 만들기 책을 되는대로 넘기기 시작했다.

"하긴, 내 것도 아니고 진짜 책도 아닌데 책을 만들어 뭐해! 나도 책 표지의 쫄라맨처럼 착 붙어서 아무것도 안 했으면 좋겠다. 이딴 게 책이면, 나도 책이란 말씀이야. 후우우~"

민지는 길게 한숨을 내쉬고는 만들기 책을 계단 옆에 던져 버렸다.

바로 그때였다. 가방에서 무언가가 움직이는 게 보였다.

"오늘 눈이 왜 이러지? 아까부터 이상한 게 보여."

민지는 눈을 비비고 다시 가방을 쳐다보았다. 이럴 수가! 뭔가가 진짜로 움직이고 있었다. 가방 위에 앉아 다리를 흔드는 것은 아까 손수레에서 본 그 쫄라맨이었다.

민지의 눈에는 책 표지에 붙었던 그 쫄라맨이 살아 있는 것처

럼 보였다. 쫄라맨은 민지의 손바닥보다 약간 더 컸다.

"뭐, 뭐야?"

민지가 떨리는 목소리로 외쳤다.

가방 가장자리에 앉은 책이야는 민지와 눈이 마주치자 미소를 멋지게 지어 보이며 말했다.

"어때? 내 썩소? 하하하."

책이야는 썩소라 말했지만 미소는 보기에 참 좋았다. 그 미소 때문인지 민지는 이 쫄라맨을 알고 지낸 것처럼 낯설지가 않았다.

"너, 너, 지금 말했니?"

"그럼, 이게 말이 아니면 뭐야? 그리고 네가 날 불렀잖아. 나에게 생명의 기운을 넣어 주면서 '나도 책이란 말씀이야!'라고 불렀잖아."

"책이란 말씀이야! 그렇게는 한 것 같은데, 내가 언제 생명의 기운을 넣었다는 거니?"

"네가 쉬었던 심호흡이 내게 생명의 기운을 불어넣어 주었지. 그리고 넌 책을 좋아하고 또 책을 만들고 싶잖아. 안 그래?"

책이야가 가방의 가장자리로 옮겨 앉으며 말했다.

"심, 심호흡은 했지만. 어떻게 책이 말을……."

"쉬었지만, 뭐?"

"넌 사람이 아니잖아. 책 캐릭터, 아니…… 비닐로 코팅된 종이 인형이 어떻게?"

"종이 인형인 내가 어떻게 말하고 움직일 수 있느냐고? 네가 심호흡해서 생명의 기운을 불어넣어 주어서야."

"좋아, 그렇다고 쳐. 하지만 책을 만들든 말든 뭔 상관이야? 내 만들기 책도 아닌데."

민지는 결론을 내린 듯 말하며 뒤로 물러났다.

"아니, 계속 써 줘야 해. 후우우~ 하고 나에게 생명의 기운을 넣었기 때문이야. 네가 나를 상상만 해도 글은 써지는 거야, 저절로! 그러면 난 진짜 책이 되는 거고. 애들이 내가 살아 있다는 걸 알면 재밌어하겠지? 하하하! 그래, 난 애들한테 최고 인기왕 동화책이 될 거야."

머릿속으로 상상의 나래를 펼친 책이야는 신나 죽겠다는 표정으로 말했다.

'도대체 어떻게 된 일일까? 책 캐릭터가 정말로 말하고 움직이다니! 아무리 앞에서 알짱거려도 이게 진짜일 수는 없어. 내가 상상하기 때문일 거야. 아니면, 뭐 허깨비이거나. 사람처럼 실제로 움직이고 말하는 책 캐릭터라니? 누가 믿겠어? 하지만 안 믿을 수도 없잖아. 바로 눈앞에 딱 버티고 있는데!'

아무래도 눈이 잘못된 거 같았다. 민지는 이 상황에서 벗어

날 방법을 생각해야만 했다. 민지는 책이야가 다가오는 걸 막으려는 듯 팔로 앞을 가로막았다.

"진짜 누구냐? 정체를 밝혀!"

"나? 네가 상상한 책이란 말씀이야! 뭐, 쉽게 말하자면 네 상상이라고 할까? '후우우~' 하고 어떤 훌륭한 작가님이 생명을 불어 주었나 궁금했지. 난 진짜 책이 되고 싶었어. 그래서 고물상 창고에서 계속 '후우우~ 후우우~' 심호흡을 했어! 소원을 빌면서. 그러다 보니 정말 움직여지더라고! 그러니까, 어서 글을 쓸 상상을 계속해. 그래야 내가 주인공으로 출동하지. 나도 책이란 말씀이야!"

"어떻게 이런 일이? 말도 안 돼!"

민지는 너무 놀란 나머지 다물어지지 않는 입을 두 손으로 가렸다.

"당연히 믿어지지 않겠지! 나도 내가 이렇게 움직일 수 있을 줄 몰랐거든. 하지만, 간절히 바라고 기도하면 소원이 이루어진다잖아. 그래서 소원이 이루어진 것만은 분명해! 안 그래? 내게 눈을 맞추는 친구들의 생활이 적히면 책은 완성될 테니까……. 하하하."

책이야는 기쁜 마음에 웃으며 말했다.

"어, 미안하지만 난 글쓰기를 잘 못해. 이 만들기 책 주인도 아니고. 그래서 난 이 책을 만들지 않을 거야."

민지의 난데없는 선언에, 미소를 머금고 있던 책이야의 얼굴에 웃음기가 싹 가셨다.

"뭐라고? 왜?"

"난 상상의 친구는 필요 없어. 난 혼자 책 보는 것만 좋아해."

민지는 무슨 말을 해야 할지 몰라 그렇게 대답했다. 여태껏 한 번도 친한 친구를 가져 본 적이 없었기 때문이었다. 다른 사람들과 같이 있으면 빨리 피곤해졌다. 얼굴이 달아올라 붉어지는 게 신경 쓰여서 자꾸 고개를 숙였기 때문이었다.

그런 생각에 머리가 복잡해진 민지는 짜증이 밀려와 소리쳤다.

"가, 가 버려, 난 너랑 친구 하고 싶지 않아!"

민지의 목소리가 너무 컸던 걸까? 누군가 PC방 문을 열고 말했다.

"뭐라고?"

"아니요, 그냥……. 아무것도 아니에요."

민지는 만들기 책을 재빨리 책이야 옆에 두고는 뛰어가 버렸다. 그렇게 책이야는 다시 혼자가 되어 버리고 말았다. 하지만 크게 힘이 빠지지 않았다. 알고 보니, 민지가 자신을 도와준 거나 다름없었다. 할아버지께서 알려 준 상상의 책방이 바로 이 건물에 있었기 때문이었다.

스핑크스를 피해
상상의 책방으로

책이야는 만들기 책을 짊어지고 계단을 올랐다. 그러고는 PC방 입구를 살펴보니, 이집트의 피라미드 모양의 입구 양쪽에 스핑크스가 앉아 있었다. 저곳을 지나 복도 끝에 있는 문을 통과하면 책방이 있을 것이다. 복도는 긴 통로처럼 생겼고, 끝에서 한 번 더 꺾여 있었다.

할아버지의 말에 따르면, 책방은 직장에 간 부모들을 위한 글쓰기와 책 읽기를 할 수 있는 아이들의 쉼터라고 했다. 하지만 게임 캐릭터인 스핑크스들이 복도를 못 지나가게 한다고 했는데, 아무리 둘러봐도 그런 낌새는 보이지 않았다. 스핑크스가 잠든 듯 보였다.

"와우, 기회는 지금이야. 다들 게임에 빠져 있는 모양이니

까, 얼른 PC방의 문 앞만 지나가면 돼. 그리고 꺾인 복도를
조금만 걸으면 책방으로 들어가는 문이 보인다고 했어. 이곳
을 지나가기가 힘들다고 했지만, 스핑크스가 잠든 이때가 기
회야."

만들기 책은 교과서만 해서, 그걸 등에 진 채 뛰는 게 쉽지
만은 않았다. 그렇다고 해서 건물 입구에 마냥 있을 수도 없었
다. 그래서 책이야는 '도전! 할 수 있다!'라는 말을 중얼거리며
PC방 입구를 향해 발걸음을 떼었다.

바로 그때였다. 잠든 줄 알았던 스핑크스가 눈을 번쩍 뜨는 게 아닌가?

"누구냐? 암호를 대라."

책이야보다 덩치가 열 배는 돼 보이는 스핑크스의 그림자가 앞을 가로막았다. 금방이라도 책이야를 두들겨 팰 것 같은 험악한 다리가 여섯 개나 되었다.

"나? 책이지. 안녕, 난 이 책의 캐릭터인 책이야. 넌 누구야?"

"이곳을 지키는 게임 속의 스핑크스 캐릭터 캥캥이다!"

"반가워, 캥캥아. 나는 상상의 책방에 가는 중이야."

"흥, 거긴 아무나 갈 수 없어. 우리 캐릭터들이 그곳에 가는 아이들을 게임방으로 끌고 가서 우리 편을 만들지. 그런데 진짜 책 캐릭터도 아닌 주제에 그곳에 가겠다고? 만들기 책이라서 눈치가 없군."

캥캥이가 침을 찍찍 뱉으며 기분 나쁘게 캥캥 웃었다. 그리고는 느닷없이 게임의 장점을 큰 소리로 떠들어 댔다.

"게임하며 우리랑 놀면 지루한 하루가 눈 깜박할 새 없이 날아가 버리지."

"게임하며 우리랑 때리고 부수고 싸우다 보면 스트레스가 한 방에 날아가지."

"게임하며 막 먹어 대면 뚱뚱하고도 거대한 힘센 괴물로 변

할 수 있어, 짱, 짱이지."

"게임하며 죽을 듯이 레벨 올리다 보면 눈이 나빠져 학교에
안 다녀도 돼. 날라라, 신나지."

"게임하며……."

캥캥이의 말이 채 끝나기도 전에, 책이야는 주먹을 불끈 쥐
며 외쳤다.

"그만, 그만! 게임도 재밌겠지만, 나는 책 캐릭터야. 책 속
에 사는 주인공 말이야! 책을 읽는데 주인공이 없으면 얼마나
재미가 없겠냐고. 그건 바로 바퀴 빠진 자동차와도 같아. 책도
재미있는 게임하고 다를 게 없지? 그러니까 길 좀 비켜 줄래?"

책이야는 비상문 쪽으로 다가갔다. 그러자 캥캥이가 책이야
를 막아서며 우습다는 표정으로 말했다.

"뭐야? 내 말이 말 같지 않아? 며칠 굶은 것처럼 바짝 말라서
쫄면 같은 게 배짱 하나는 끝내주는군."

"거봐, 나만 한 캐릭터도 없지? 그러니까 캐릭터끼리 친하게
지내자고. 자, 악수하고 길 좀 비켜 줘."

책이야가 당당한 말투로 말했다.

"어림없어! 지금까지는 책 캐릭터들이 아이들 사랑을 듬뿍
받고, 이 세상을 지배해 왔지만 이제는 달라졌어. 요즘 애들은
책 따위엔 흥미를 잃었거든? 모두가 게임에 빠져 있지. 그래

서 곧 게임 캐릭터들이 이 세상을 점령할 날이 올 거야! 상상만 해도 흥분되지 않니? 그러니까, 너도 책방 간다고 까불지 말고 나랑 PC방으로 가자. 가서 게임 캐릭터로 변신해서 활약하는 거야. 그러면 진짜 인기 있는 게임 캐릭터가 될 수 있을 거야. 빨리 이리로 와! 어서!"

캥캥이는 책이야가 비상문을 통과하지 못하게 막으려는 듯 다리를 펼치며 으름장을 놓았다.

"왜 이래? 난 아직 완성된 책이 아니란 말이야. 그래서 꼭 진짜 책이 되고 싶다고."

책이야는 비상문으로 더 다가갔다. 그러자 스핑크스 캥캥이가 앞발로 책이야를 붙잡으려 했다. 책이야는 잡히지 않으려고 바닥에 푹, 쓰러지는 척하다가 잽싸게 달렸다.

"앗! 저놈 잡아라!"

스핑크스 캥캥이가 책이야를 쫓아왔다.

책이야는 생각만큼 빨리 달리지 못했다. 등에 붙은 만들기 책이 떨어질까 봐 최대한 조심히 움직여야 했다. 비상문 근처에서 주춤거리는 사이, 캥캥이가 책이야의 만들기 책을 덥석 들어 올렸다. 책이야는 공중에서 뒤집혀 버둥거렸다.

"어딜 도망쳐? 네까짓 게 도망쳐 봐야 독 안에 든 쥐지."

"알았어. 알았다고."

책이야는 포기한 듯 버둥거렸던 팔과 다리를 축 내려뜨렸다. 그러자 캥캥이가 거보라는 듯 책이야를 꽉 붙들었던 손힘을 느슨하게 하고는 비상문 가까이로 들어 올렸다.

'흥! 책을 읽으면 얼마나 똑똑해지는지 모르지? 내가 책이란 말씀이야.'

책이야는 속으로 웃었다.

'그래, 조금만 높이 들어! 조금만 더 앞으로 가라고. 조금만 더 가만 돼.'

책이야는 만들기 책 위에서 슬그머니 머리를 들고 쪽창과의 거리를 가늠했다. 캥캥이가 그대로 한 걸음만 더 걸어가 주면 될 것 같았다.

'하나, 둘, 셋, 지금이야!'

책이야는 있는 힘껏 몸을 날려 비상문 위쪽에 있는 쪽창을 잡았다. 잽싸게 발을 창 안으로 집어넣었다. 그러고는 다리를 꺾어 창턱에 걸었다. 하지만 등에 진 만들기 책이 창문과 엇갈려 도무지 들어갈 수가 없었다. 책이야는 창문에 걸려서 안으로 들어가지도 밖으로 나올 수도 없게 되어 버렸다.

"야, 뭐 하는 거냐? 뛰어 봤자 벼룩이지. 그곳으로 들어가나 마나 결국 독 안에 든 쥐라니까! 괜히 힘쓰지 말고 이리 내려와. 크하하하."

캥캥이가 쪽창으로 들어가려고 애쓰는 책이야를 보며 가소롭다는 듯 웃어 댔다.

"알아. 난 모험을 좋아해서 이러는 거야. 그러니까 여기서 PC방으로 바로 들어갈게. 제발 만들기 책 좀 놓아줘. 쪽창으로 들어갈 수 있게 밀어 달라고!"

계속 힘썼지만 엇갈린 부분이 창틀에 걸려서 아무리 힘써도 만들기 책이 들어와 주지 않았다. 이러다가 만들기 책을 놓치기라도 하면, 만들기 책과 떨어지기라도 하면……. 생각만 해도 끔찍했다. 책이야는 만들기 책의 절반이 창 안으로 들어와 있는데도 여간 힘든 게 아니었다.

"거, 힘들게 붙잡지 말고. 그만, 손을 놓아 버리라고! 힘써 봤자 결국엔 떨어질 테니까. 어때, 모험 좋아한다니까 손을 놓아줄까? 그럼, 나는 빨갛게 익은 감이 떨어지면 꿀꺽, 바로 끌고 가면 되니까."

"헉! 바로 그거야. 빨리 손을 놔. 내가 떨어지는 꼴을 보라고!"

"아, 맞다. 그리 쉬운 방법이 있는데 내가 왜 이렇게 힘쓰고 있지? 자, 손 놓는다. 스릴이 끝내줄 거야. 크하하하."

말을 채 마치기도 전에 캥캥이는 만들기 책을 놓아 버렸다. 순간 책이야는 만들기 책과 함께 창문 바깥으로 튕겨 떨어질 뻔했다. 하지만 재빨리 한 손으로 창턱을 붙잡아 위기를 모면했다.

'헉헉, 나는 책이야, 호랑이 앞에 물려 가도 정신만 차리면 된다는 말도 있잖아. 그래, 허둥대면 안 돼. 힘만 쓸 게 아니라 머리를 써서 창문하고 만들기 책과 각도를 맞춰서……. 빨리 움직여 볼까?'

책이야는 숨을 내뱉고 창문과 만들기 책의 각도를 맞추기 위해 몸을 틀었다. 그러다 지하 계단으로 거꾸러질 뻔했다. 그렇지만 얼른 계단 난간을 붙잡고, 마지막 힘을 짜내어 만들기 책을 창문 안으로 넣었다.

'복도 저쪽으로 뛰어내리면 PC방 입구를 지난 지점이야. 스핑크스 캐릭터가 잡기 전에 빨리 뛰어내린 다음, 복도 끝에 있는 문으로 달리자!'

책이야는 힘든 것도 잊은 채 계단 난간을 붙잡고, 그네를 타듯 탄력을 이용해서 복도 끝을 향해 뛰어내렸다.

"어? 저, 저놈, 뭐 하는 거야! 잡아, 잡아라!"

캥캥이가 눈치를 챘는지 사납게 뛰어오면서 다른 스핑크스 캐릭터에게 소리쳤다.

"빨리, 저 복도까지만 가면 돼. 스핑크스들은 방향을 빨리 못 꺾는다고 했어."

책이야는 다시 힘을 내어 복도 끝을 향하여 뛰었다. 다리가 길어서 달리기는 자신 있었다. 책이야는 마치 날아갈 듯 휙휙 복도를 달렸다. 어찌나 빨리 뛰었던지 하마터면 맞은편 벽과 부딪칠 뻔했다. 책이야 뒤에 붙은 만들기 책과 맞은편 벽 사이에 끼일 뻔한 거였다.

끼익-! 재빨리 두 발을 벽에 댄 다음에 튕겨 왼쪽 복도로 꺾어질 수 있었다.

"야, 우린 게임 마왕한테 죽었다. 죽었어! 괴상하게 생긴 놈이 안 보여. 어떡해? 모두 네 탓이야!"

"왜, 내 탓이야. 네가 놓쳐 놓고."

스핑크스 캐릭터들이 서로를 탓하며 싸우는 소리가 들려왔다. 다른 방향으로 빨리 꺾지 못한다는 소문이 맞는 모양이었다.

"됐어! 드디어 책방으로 가는 길이야."

책이야는 얼른 복도 끝을 향해 달렸다.

복도의 끝에는 빨강, 노랑, 파랑으로 색칠이 된 예쁜 무지갯빛 문이 있었다. 그 문이 바로 상상의 책방으로 들어가는 문이었다. 책이야는 기쁜 마음으로 문을 벌컥 열고 재빨리 안으로 들어갔다.

문을 닫고는 눈앞에 펼쳐진 책방을 바라보았다. 마침내 상상의 책방에 도착한 것이다.

책방은 생각보다 작았지만, 한쪽엔 밝은 전등이 켜져 있었다. 부드러운 달빛이 책방을 감싸고 있었고, 입구에는 '상상의 책방'이라고 쓰여 있었다.

'와아, 여기가 바로 상상의 책방인 거야!'

책이야는 들뜬 맘으로 문고리를 돌렸다. 문이 책이야를 기다리고 있었다는 듯이 스르르 열렸다. 책이야는 따뜻한 기운에

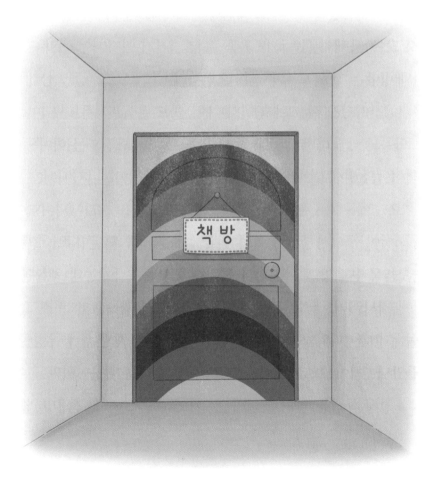

이끌려 안으로 들어갔다. 안에는 부드러운 달빛 아래, 보름달 책상과 별 의자가 그를 기다리고 있었다.

방 안 가득 벽을 이룬 책들에서는 종이 냄새, 마른 잉크 냄새, 나무 냄새, 아기분 냄새 같은 향기로운 냄새, 달콤한 과자 냄새까지 은은하게 풍겨 왔다. 정말 아이들을 위한 공간이라는 느낌이 드는 아늑한 곳이었다.

"곧 만날 아이들아, 책들아, 안녕? 책 속에서 사는 캐릭터들아, 만나서 반가워. 나도 책이야! 나도 책 캐릭터이니까 여기서 같이 살 거야."

책이야는 저도 모르게 크게 소리쳤다.

"나도 여기서 살 거예요!"

아무도 대답하지 않았다. 하지만 모두의 대답을 대신해 주듯 책이야의 말이 거꾸로 울려 퍼졌다.

"요~ 예~ 거~ 살~ 서~ 기~ 여~"

책이야는 인사한 뒤, 이쪽 책꽂이에서 저쪽 책꽂이로, 보름달 책상과 의자에 앉았다가 책장에 꽂혀 있는 책들의 제목을 하나하나 읽었다. 하지만 자기처럼 멋진 책 제목은 없는 것 같아서 기분이 우쭐해졌다. 그래서 춤추면서 책방을 빙글빙글 돌았다. 책이야의 기분이 최고로 좋을 때 하는 버릇이었다.

그렇게 책방을 돌며 놀다가, 드디어 마음에 드는 곳을 찾았다. 바로 책 만들기 필수품들을 모아 두는 곳이었다. 연필, 크레파스, 지우개, 색연필, 물감, 붓, 무지개 사인펜이 있는 곳.

책이야는 책 만들기의 필수품들이 있는 사물함 아래에 자리를 잡고 벌러덩 누웠다. 그곳에 눕자마자 스르르 잠이 들고 말았다. 상상의 책방에 도착해 안전해졌다는 생각에 긴장이 풀린 것이었다.

다시 만난 민지와
책방 친구들

　겨울 햇살치고는 꽤 환한 햇살이 책방에 가득 비쳤다. 한 아이가 책방에 들어왔다. 가방을 내려놓자마자 사물함 쪽으로 다가왔다. 그러다 사물함 밑에 놓인 만들기 책을 보았다.

　'어? 내가 어제 던져 버렸던 책이잖아? 이걸 누가 여기다 가져다 놓았지?'

　아이는 만들기 책을 보고 고개를 갸웃거렸다. 책이라고 하기에는 공책 같고, 노트 같기도 한, 어제 봤던 바로 그 책이었기 때문이다.

　'진짜 신기해! 꼭 나를 찾아온 것처럼 느껴져. 정말 살아 움직인 걸까? 눈을 맞추면 책 내용이 저절로 써진다 했는데 진짜일까? 이 책 정말 재밌어 보여.'

아이는 조심스럽게 다가가서 만들기 책을 집어 들었다. 책 제목을 읽고, 앞 표지에 달라붙어 있는 책이야를 보고는 빙그레 웃었다. 그러고는 책이야를 살짝 건드렸다.

'떼어도 괜찮겠지?'

아이는 엄지와 집게손가락으로 책이야의 팔을 조심스럽게 잡아당겼다. 책이야는 눈치가 백 단인 지혜로운 책인 만큼 계속 자는 척을 했다.

'민지가 왔군. 어제 봤던 그 꼬맹이가 책방에 제일 먼저 와서 날 발견해 다행이야. 책을 정말 좋아하는 거 같아. 이 친구가 계속 글을 써 주면 좋겠어.'

책이야는 민지에게 잘 보이도록 머리를 살짝 흔들었다. 민지가 자기를 더 쉽게 떼어 낼 수 있도록 다리도 조금 들어 주었다.

그 모습을 본 민지는 눈을 동그랗게 뜨며 웃었다. 책이야를 만들기 책에서 떼어 내려다가, 계속 붙어 있을 수 있도록 책이야의 팔과 다리를 손가락으로 슬며시 눌러 주었다.

'친구가 다리를 안마해 주니 피곤이 확 풀리는 기분이야.'

책이야는 간지럼을 참으며 행복해했다.

민지가 만들기 책을 가슴에 안고 일어섰다.

'흠~ 민지한테서 달콤한 초콜릿 냄새가 나는걸.'

그사이 다른 아이들도 하나둘 책방으로 들어오기 시작했다.

"민지야, 사물함 앞에서 뭐 해?"

"응? 그러니까, 어제 봤던 그 책이…….'"

"어? 그게 뭐야? 못 보던 책 같은데, 새로 들어온 거야?"

"그런 것 같아."

"와, 책에 졸라맨이, 아니, 쫄라맨이 붙어 있네. 진짜 귀엽게 생겼다. 한 번만 떼어 봐도 될까?"

"음, 글쎄……."

"어제까지도 없었는데 갑자기 어디서 나타난 거야?"

"아침에 왔더니 사물함 밑에 떨어져 있었어. 누군가 떨어뜨리고 갔나 봐. 그래서 주인이 나타날 때까지 함부로 만지면 안 될 것 같아."

"그래, 주인을 찾아서 만지게 해 달라고 하자."

민지와 다른 아이들이 책이야를 보며 이야기를 나눴다. 그때 커다란 안경을 쓴 남자아이가 끼어들며 말했다.

"이건 우리 학교 아이가 만들다 만 책일 거야. 창의 교실에서 책 만들기를 했거든. 나도 신청했는데, 끝까지 만들지 못하고 그만둬 버렸어. 만들어 봤자 진짜 책이 되는 건 아니니까."

'뭐? 진짜 책이 될 수 없다고? 하하. 내가 얼마나 멋진 책이 될지 몰라서 하는 소리! 뒤쪽의 책 제목 좀 읽어 봐라. 난 벌써 책이 된 거 같다고. 나는 될 거라고!'

책이야는 흥분해서 자기도 모르게 주먹을 불끈 쥐고는 부르르 떨었다.

"와아, 이 쫄라맨 진짜 움직이는 것처럼 보이지 않아?"

책이야를 바라보고 있던 아이가 신기한 듯 말했다.

그 남자아이가 만들기 책에 붙어 있는 책이야를 떼어 내려고 발을 잡아당겼다. 책이야는 재빨리 발에 힘을 주었다.

그때였다. 민지가 책이야의 발을 잡아당기는 남자아이의 손을 치우며 말했다.

"함부로 만지지 마, 남의 책이잖아. 주인을 찾을 때까지 발견한 내가 잘 보관할 거야."

"그건 그래. 쫄라맨을 떼어 내었다가 잃어버리기라도 하면 안 되지."

다른 아이가 고개를 끄덕이며 민지의 말에 찬성했다.

다른 때와 달리 아이들이 책상에 앉을 생각도 않고 민지 곁에서 서성거렸다. 민지는 친구들이 방학 내내 함께 지낸 듯 말을 붙여 줘서 행복했다.

민지가 행복해하는 모습에 책이야는 더 기쁘고, 자신이 멋진 친구라는 것을 느꼈다. 그러나 계속 자는 척하는 수밖에 없었다. 그것도, 만들기 책에 꼭 붙어서 눈을 커다랗게 뜬 채로.

그때 상상의 책방을 운영하는 작가 선생님이 들어오셨다. 아이들이 모두 자리에 앉았다. 민지도 책이야를 사물함 위에 놓고 자리로 돌아갔다.

사물함 끝에 놓인 책이야는 심심해서 다리를 쫘악 폈다가 접었다. 그러자 사물함 아래로 만들기 책이 툭 하고 떨어져 버렸다.

"방금 무슨 소리지?"

선생님이 깜짝 놀란 듯 사물함을 바라보며 말했다.

"책이에요. 민지가 분실물 보관함 밑에서 발견했는데 누구 건지 모르겠대요."

안경 낀 남자아이가 대꾸했다. 다른 아이들이 덧붙여 말했다.

"분실물 보관함 밑에 있었는데 모두 자기 게 아니래요."

"우리 학교 창의교실에서 만들던 책인데, 이름이 씌어 있지 않아요."

"만들기 책이라고? 누구 건지 어디 좀 볼까?"

선생님이 분실물 보관함 쪽으로 다가가자 민지도 사물함 근처로 가서 선생님의 표정을 살폈다.

"민지가 발견했다고? 주인 찾기가 힘들겠는데? 민지가 우선 보관하고 있어. 주인이 나타나지 않으면 민지가 책을 만들어도 되고. 아니면, 책방 친구들이 함께 이야기를 꾸며 나가도 좋겠지? 책이 완성되면 다른 책처럼 책방에 놓고 모두가 읽을 수 있도록 내가 출간을 도울게."

선생님은 만들기 책을 민지에게 건넸다. 민지는 만들기 책을 자기 사물함에 잠시 넣어 두기 위해 문을 열었다.

'사물함 속에 갇히기 싫어. 어두운 데 있는 건 싫다고! 난 아이들이 좋아. 나한테 내용을 먹여 달라고. 그래야 진짜 책이 될 수 있단 말이야!'

책이야는 절박해서 발버둥을 쳤다.

그런 책이야의 마음을 알아차렸는지, 민지는 한 가지 제안을 했다.

"선생님, 다른 친구들도 이 책을 꾸밀 수 있게 하면 안 될까요? 책을 사물함에 넣어 두기보다는 꾸미고 싶은 친구들이 참여할 수 있게요. 그리고 꺼내 놓아야 주인을 찾을 수도 있고요. 그냥 사물함 위에 놓고 꾸미고 싶은 사람이 책 만들기를 하는 거예요."

민지의 말에 다른 아이들도 고개를 끄덕였다.

"그래요. 모두 함께 만들기 책을 꾸며요, 네? 그러면 책방이 더 재미있는 곳이 될 거예요! 재미있는 달동네 책방! 모두가 책을 만드는 거예요!"

아이들이 한목소리로 말했다. 책이야도 입을 크게 벌려 소리쳤다.

"상상의 책방에서 만든 책! 나도 책이란 말씀이야!"

물론 아무도 모르게 말이죠.

"좋아요! 다 함께 책을 만드는 건 아주 좋은 생각이야! 하지만 친구랑 다투거나 책을 안 읽는 사람은 만들기 책을 꾸밀 자격이 없다고 하자. 알겠지?"

선생님이 일부러 눈을 부릅뜨며 말하자, 아이들이 꺄르르 웃음을 터뜨렸다.

'선생님은 무섭게 보이려고 하지만 전혀 안 무서워! 아이들도 선생님이 좋아서 어쩔 줄 몰라 하는 것 좀 봐. 좋아, 좋아. 이곳이 참 맘에 들어.'

책이야는 이렇게 생각하며, 아이들과 선생님의 이야기에 귀를 바짝 세웠다. 선생님이 종이책을 읽으면 좋은 이유를 설명하셨다.

"종이책은 특별한 이점이 있단다. 책과 상호작용을 깊게 하고, 촉각 발달과 기억력 향상 등 책에 집중할 수 있도록 도와주지. 그런 읽기 습관이 공부에 도움이 되고, 책에 메모를 통해 더 의미 있게 만들 수 있단다. 종이책은 독서를 넘어 다양한 방법으로 어린이의 뇌 발달에 좋은 영향을 준대. 물론, 전자책도 다양한 콘텐츠를 제공할 수 있지만, 종이책의 물리적 특성으로 인한 심리적, 신경학적 이점이 중요해서 사람들이 종이책을 소중히 여기고 사라지지 않고 있단다."

  책이야도 종이책의 좋은 점을 알아야 할 것 같아서 쫑긋 귀를 세웠다. 하지만 책방의 따뜻한 기운 때문인지 자꾸만 졸음이 몰려왔다. 하품이 나오려는 걸 참다가 끝내 책이야는 눈을 커다랗게 뜬 채 잠이 들고 말았다.

밤이 되면
상상의 책방은

쉬는 시간에 아이들이 만들기 책을 펼쳐 들고 책이야를 떼어 냈다. 책이야를 신기해하면서도 망가질까 봐 조심조심하면서 말했다.

"민지야, 쫄라맨 웃는 것 좀 봐. 진짜 웃는 것 같지 않아?"

"응, 우리 책방이 맘에 든 거겠지."

"책 내용이 어떻게 써질까? 내용이 저절로 생길 것만 같아. 상상의 책방의 얘기가."

"그게 아니라, 우리랑 간식 먹으려고 이렇게 걷잖아."

안경 쓴 아이가 책이야를 손에 들고 걸리며 장난스럽게 말했다.

'아, 좋다! 아이들이랑 함께 있는 건 정말 즐거워. 하하하,

세상 부러울 게 없어.'

책이야는 기뻐서 가슴이 두근거렸다. 기분이 좋을수록 어서 빨리 책이 되고 싶었다.

점심시간이 되자, 아이들은 책이야를 들고 다양한 상상의 나래를 펼쳤다. 책이야가 걷는 흉내를 내거나, 책이야가 하늘을 나는 장면을 떠올리며 이야기를 나누었다. 하지만 무슨 일인지 아무도 그걸 직접 만들기 책에다 그리거나 쓰지는 않았다.

'왜 말만 하고 만들기 책을 직접 쓰지 않는 걸까?'

진짜 책이 되는 꿈에 한껏 부풀었던 책이야는 시무룩해졌다.

선생님이 뭔가 이상하다고 느끼며 아이들에게 물으셨다.

"애들아, 왜 만들기 책 내용에 이어 쓰기를 않고, 말로만 계속 이야기를 꾸미니? 만들기 책을 꾸며 주면 좋을 것 같은데 말이야."

선생님의 말씀에 민지가 만들기 책을 넘기다가 조심스럽게 대답했다.

"주인이 누구인지 알아내야 해서요. 책에 써진 글을 읽고 있어요. 만들기 책이라고 해도 주인 허락도 없이 맘대로 내용을 쓰는 건 아닌 거 같아서요."

그러자 다른 아이도 고개를 끄덕이며 동의했다.

58

"맞아요. 주인이 나타나면 돌려줘야 하니까요."

"그 말이 맞다. 내가 미처 그 생각까지는 못했네. 아주 훌륭하다, 너희들. 좋아! 일주일이 지나도 주인이 나타나지 않으면, 그때는 꾸미고 싶은 사람이 꾸며 나가도록 하자. 모두가 함께 '나도 책이란 말씀이야!'를 완성하는 거야."

"와아!"

아이들이 좋아서 책이야를 높이 던졌다가 두 손을 모아 얼른 받아 냈다. 마치 축하의 헹가래를 해 주는 것처럼 신이 나 있었다. 그러면서도 책이야가 바닥에 떨어지지 않게 조심스럽게 다루었다. 책이야는 자신들의 손바닥만큼의 크기였으니까.

'아유, 간 떨어질 뻔했네. 왜 이렇게 떠들기만 하지? 나를 꾸며 줄 생각은 않고!'

책이야는 아이들이 이야기를 써 주지 않아 조바심이 났다. 하지만 민지가 한 말을 듣고는 기분이 좋아졌다.

"아직까지 책 주인이 안 나타나는 것 보면, 우리가 이 책을 꾸며도 될 것 같아요. 빨리 책이야에게 내용을 먹여 주고 싶어요. 책 꾸미기를 제일 많이 해서 내가 책이야랑 제일 친한 친구가 될 거예요."

'내용을 먹여 주고 싶다고? 나랑 제일 친한 친구가 되겠다고? 고마워, 민지야! 나도 널 많이 도와줄게. 기대해!'

책이야는 곧 꿈을 이룰 수 있을 것 같아서 만족스러웠고, 희망에 가득 찼다.

어느새 저녁이 되어 아이들도 선생님도 모두 책방을 떠났다. 텅 빈 책방의 창으로 부드러운 달빛이 스며들었다.

'드디어, 내가 활약할 시간이 온 거야! 어디 한번 움직여 볼까?'

책이야는 만들기 책에서 떨어져 나오려고 먼저 팔과 다리에 힘을 주었다. 그러고는 만들기 책 표지의 접착테이프에서 떨어져 나왔다. 책이야가 가장 하고 싶었던 것은 아이들의 물건을 이것저것 구경하는 것이었다.

먼저 분실물 보관함에 안에 있는 물건들을 만져 보았다. 딸기 모양의 빨간 지우개에서 달콤한 냄새가 나자 한입 베어 물었지만, 곧바로 뱉어 버렸다.

'퉤. 딸기인 줄 알았는데, 이상한 맛이 나잖아. 딸기 냄새만 좋은 거였구나.'

텁텁한 걸 보니 먹는 게 아닌 것 같았다. 하긴 책이야는 종이 인형일 뿐이니, 사실은 뭘 진짜로 먹으면 안 되는 건지도 모른다.

'이건 뭐야? 연필, 크레파스, 필통, 색연필, 사탕맛 사인펜, 종합장……. 여러 가지 학용품들이네.'

책이야는 연두색 사인펜을 꼭 쥐고 연습장에 장난을 쳤다. 하지만 한 손으로는 잘 안 써져서 두 손을 모아 겨우 죽죽 선을 그었다. 그제야 연습장 하얀 백지에 책이야가 그리는 대로 선이 그려졌다. 그림이 그어질 때마다 달콤한 사탕 냄새가 났다.

'이거 재밌는데! 이제 뭘 해 볼까?'

연습장에 한참 그림을 그리다가 문득 심심해진 책이야는, 사인펜을 들고 던지고 받기 놀이를 했다. 그러다가 아뿔싸! 그만 사인펜을 떨어뜨리고 말았다. 사인펜이 책방 바닥으로 또르르 굴러갔다.

책이야는 분실물 보관함에서 펄쩍 뛰어내려 사인펜을 잡으려고 했다. 사인펜이 책꽂이 앞에서 멈춰 선 그때, 책상 서랍에서 누군가가 책이야를 지켜보는 것 같았다. 책이야는 서랍을 바라보며 말했다.

"누구야? 숨어 있지 말고 나와!"

"미, 미안해. 잘못했어. 한 번만 봐줘."

책상 서랍에서 코가 기다란 아이가 로봇처럼 어색하게 걸어 나왔다.

"괜찮아. 난 책이야야. 어젯밤에 이곳에 왔어."

코가 긴 아이는 머뭇거리며 책이야를 쳐다봤다.

"어젯밤에 처음 왔다고? 진짜?"

분실물

"응. 오래전에 이곳에 살았던 할아버지가 알려 줘서 아이들을 찾아온 거야."

책이야는 자랑스럽게 말했다.

"아이들을 찾아왔다고? 근데 책 캐릭터들은 혼자 책방에 못 들어오지 않아? 건물 입구에 있는 게임기 속의 게임 캐릭터들이 해만 지면 책 캐릭터들을 잡아간다고 들었는데. 괜찮았어?"

코가 긴 아이가 걱정스럽게 물었다.

"물론 아니지. 게임 캐릭터 스핑크스가 책방에 못 오게 막아서 모험을 좀 했지. 난 모험을 즐기거든! 걔네들은 이제는 아이들이 책을 안 읽고 게임을 더 좋아해서 곧 자기들의 세상이 될 거라고 큰소리친다던데?"

"너도 그 얘기를 들었구나! 그래서 우리 책 캐릭터들은 책 속에 꼭꼭 숨어 지내. 아이들이 책을 많이 읽던 시절에는 달빛이 이렇게 환한 밤이면 책 캐릭터들 세상이었는데……. 이제는 모두 책 속에서 잠자거나, 가족하고만 모여. 너도 조심해야 할 거야."

코가 긴 아이의 말에 책이야는 어리둥절하다는 듯 눈을 크게 뜨고 물었다.

"뭘 조심하라는 거야?"

"게임 캐릭터들 눈에 띄지 않게 조심하라는 거야. 게임 캐릭터들은 우리랑 달라. 걔들은 못 먹는 게 없고 덩치가 크고 싸움도 잘해. 그런데다 무기도 우리보다 신식이잖아. 동화책 캐릭터였어도 게임 속 캐릭터들이 자기들 피를 수혈해서 아주 사나워졌대. 우리 동화 속 캐릭터들이야 먹는 것도 시원찮고, 최첨단 무기가 없어서 싸움이 안 돼."

"에이, 조심할 게 뭐 있어? 난 게임 캐릭터가 되고 싶지 않아. 책 캐릭터가 되어 진짜 책이 되고 싶을 뿐이라고. 그러니까 나한테 자꾸 조심하라고 말할 필요는 없어!"

"어, 그래? 혹시 내 말이 기분 나빴다면 미안해. 난 그저 놀라서."

"그러는 넌 누구야? 넌 게임 캐릭터라서 밤에 맘대로 다니는 거야? 아니면 나처럼 책 속 캐릭터야?"

책이야가 코가 긴 아이를 똑바로 바라보며 물었다.

"나도 책 속 캐릭터야."

"하하하. 그러면서 뭘 그렇게 게임 캐릭터를 조심하라고 해. 나처럼 밤에 돌아다니면서. 안 그래?"

"봐, 내 코를. 뭐 생각나는 동화 없어?"

코가 긴 아이가 자기의 긴 코를 들어 올리며 슬프게 말을 이었다.

"내 이름은 '피노키오'야. 생명이 없는 나무 인형이었는데 천사님이 진짜 사람이 되게 해 준……. 예전엔 아이들이 나를 정말 좋아하고, 거짓말하는 걸 고치기도 했는데, 요즘은 나를 아는 아이들이 별로 없더라고. 지금은 거들떠도 안 봐."

"실망하지 마. 그래도 책을 좋아하는 아이들이 많잖아. 또 책은 한 명의 진정한 독자만 있어도 빛난다고 하잖아."

책이야는 피노키오를 위로하며 말했다.

"알아. 요즘 우리가 걱정하는 건 아이들보다, 우리를 떨게 하는 이 건물의 '잔인해 마왕'과 게임 캐릭터들이야. 그 게임기가 PC방에 오고부터 '잔인해 마왕'이 게임 캐릭터들을 부추겨서 책 캐릭터들을 잡아가기 시작했거든. 게임 캐릭터들은 힘도 세고, 우리보다 훨씬 사나워. 어쩌다 지하로 내려갔다가 다시는 책방으로 돌아오지 못한 경우도 많아. 그래서 항상 조심해야 해. 게임 캐릭터들이 언제 우리를 노릴지 모른다고! 나도 빨리 돌아가야지."

피노키오는 말끝을 흐리며 걱정스런 얼굴로 책방을 둘러보았다. 그러다가 가방에서 무언가를 꺼내 책이야에게 흔들어 보였다.

"난 가끔씩 책 속에서 빠져나와 이렇게 필요한 걸 찾아다녀. 오늘도 콧물 닦을 화장지를 구하러 나왔어. 근데 네가 있어서 놀랐지 뭐야."

"피노키오, 그걸로 뭘 하려고?"

"보면 몰라? 콧물을 닦으려고! 긴 코 때문에 난 콧물이 흐르면 닦기가 너무 힘들어. 이럴 줄 알았으면 거짓말을 하지 않는 건데."

피노키오는 긴 코를 만지며 말했다.

"걱정 마. 내가 닦아 주면 되잖아. 친구는 서로 도와주는 거잖아! 그리고 같이 놀면 더 재미있지. 어때?"

"고마워. 넌 정말 용감하구나! 하지만 여기에 있는 건 위험해. 게임 캐릭터들이 우릴 보고 있을지도 몰라. 그러니까 내일 책 캐릭터들이 몰래 모이는 곳으로 놀러 와. 내가 안내할게."

"정말? 와, 좋아! 나도 책이란 말씀이야!"

책이야는 신이 나서 펄쩍펄쩍 뛰면서 말했다.

책 캐릭터들의
놀이터

　다음 날, 피노키오가 약속대로 책 캐릭터들의 놀이터로 책이
야를 안내했다. 책이야는 크레파스 몇 개로 얼굴에 밑줄을 긋
고, 나머지는 두 손 가득 쥐어 재미있게 놀 준비를 마쳤다.

　"너 꼭 게임 캐릭터가 돼 버린 왕주름 쫄라맨 같아!"

　피노키오가 책이야를 보고 깔깔 웃었다.

　"뭐? 너, 지금 내가 못생겼다고 웃는 거야? 귀엽게 늙은 책
이야를 가지고."

　"아냐, 아냐. 아주 재미있게 생긴 책 캐릭터 같아서 웃었어."

　피노키오는 웃으면서 책방 구석에 있는 작은 책장을 가리켰다.

　"이리 와. 이 책장이 문이야. 이 문을 지나면 책 캐릭터들이
모이는 곳이 나와. 좁긴 하지만 안전해서 괜찮아."

책이야는 피노키오를 따라서 책장 사이의 문틈을 비집고 들어 갔다. 문틈을 지나자 작은 공간이 나왔다. 책방과 분위기가 많이 다르고 축축한 느낌이 온몸을 휘감았다. 벽면에는 여러 개의 상자와 헌책들이 쌓여 있었다. 그곳은 책방의 창고였다.

책이야는 자신도 모르게 부르르 몸을 떨었다. 어두운 분위기에 기분이 조금 나빠졌다.

'꼭 고물상 창고 같다. 다시는 이런 곳에 갇히고 싶지 않아.'

책이야의 표정을 보고 피노키오가 얼른 상자에서 헌 옷 하나를 꺼내 왔다. 피노키오가 책이야에게 헌 옷을 주며 말했다.

"여기가 책 캐릭터들이 모이는 장소야. 잘 사용하지 않는 물품을 보관하는 곳이라서 좀 지저분하지? 그 옷 위에 앉아."

책이야는 고맙다는 뜻으로 고개를 끄덕였다.

"크레파스를 여기에 놓아도 되지? 다른 책 캐릭터들은 아직 책에서 빠져나오지 않았나 봐?"

"아니, 책방에 꽂혀 있는 책 캐릭터들은 잘 안 와. 사실은 이곳에 쌓여 있는 헌책 캐릭터들만 자주 모여 놀아."

피노키오의 말을 듣고 책이야는 주변을 찬찬히 둘러보았다. 방 안에는 오래된 헌책들과 함께 크리스마스트리, 청소도구, 학용품 상자, 옷가지 등 여러 가지 물건들이 어지럽게 쌓여 있었다.

"여긴 책방에서 쓰다 남은 물건들을 보관하는 곳인가 봐. 모아 놓았다가 언젠가는 고물상으로 가겠지? 할아버지도 이곳에 있다가 고물상으로 가셨나 봐."

"아마 그럴 거야."

"그런데 다른 친구들은 언제 나와?"

"말해 뒀으니까 곧 나올 거야. 잘 모르는 친구이니까 겁이 나서 숨어 있는 건지도 몰라. 자, 친구들아, 이제 나와도 돼!"

피노키오가 큰 소리로 외치자, 쌓여 있던 헌책 속에서 캐릭터들이 하나둘씩 모습을 드러내기 시작했다.

"안녕? 난 책이야야. 만들기 책의 캐릭터라서 아직 완성된 책은 아니지만, 언젠가 꼭 완성된 책이 될 거야. 그러니까 너희와 똑같은 책 캐릭터라고 할 수 있지."

책이야는 환한 미소를 지으며 인사했다.

"뭐, 만들기 책 캐릭터라고? 아직 진짜 책도 아니잖아? 우린 헌책이지만 진짜 책인데."

헌책 캐릭터들이 웅성거리며 의아해했다.

책이야는 고물상 창고에 갇혀 있었던 일과 할아버지의 도움으로 손수레에 타고 이 달동네 책방까지 온 이야기를 모두 들려줬다. 헌책 캐릭터들이 귀를 기울이며 흥미롭게 이야기를 들었다.

이야기가 끝나자, 피노키오가 말했다.

"새 친구가 우리 놀이터에 놀러 왔는데 계속 이야기만 할 거야? 우리 그리기를 먼저 할까? 아니면 공기놀이할까?"

책이야는 난생처음 보는 공깃돌이 신기했다. 책이야와 책 캐릭터들은 편을 짜서 공기놀이를 하며 놀았다. 가지고 온 크레파스로 재미있는 그림 그리기도 했다.

놀 때는 책이야도 책 캐릭터들을 따라잡을 수 없었다. 책 캐릭터들은 재미있는 놀이를 많이 알고 있었다. 책이야는 처음 해 보는 거라서 신기하고 재미있었다. 하지만 넓은 곳에서 놀면 더 신날 것 같았다.

"넓고 깨끗한 책방 교실을 놔두고 왜 여기서 놀아야 돼? 여긴 먼지가 있고 춥단 말이야. 나랑 책방으로 가는 게 어때?"

책이야가 말했다.

"안 돼! 그러다가 게임 캐릭터들에게 잡혀갈지 모르니까 이곳에서 놀아야 돼."

코가 유난히 노란 코끼리 캐릭터가 코를 휘저으며 말했다.

"지하로 끌려가서 게임 캐릭터가 되는 건 너무 무서워. 나도 모르게 사나워져 남을 해칠 수도 있으니까. 그런 건 생각만 해도 진짜, 싫어."

입이 쪼그만 미키 마우스 캐릭터가 두려운 표정으로 말했다.

"누구도 너희를 잡아갈 수 없어. 모두가 자기의 영역이 있는 거고. 그걸 서로 인정해 줘야 하니까."

책이야의 목소리가 조금 커졌다. 피노키오 캐릭터가 끼어들었다.

"아이들 사랑을 듬뿍 받으면서 살 때가 그리워. 아이들의 사랑을 듬뿍 받고, 밤에는 도서관이나 책방에서 마음껏 놀던 그때가……. 하지만 지금은 세상이 변해서 아이들이 게임만을 좋아하게 돼 버렸는걸. 컴퓨터 게임이 발달하면서 점점 아이들이 게임만 해서 게임 캐릭터들의 세상이 되어 가고 있다는 소문을 들었어. 게임 캐릭터들이 책 캐릭터들을 다 게임 캐릭터로 만들려고 얼마나 혈안인지, 무서워. 당장 요 아래 지하 PC방 캐릭터들만 해도 난리잖아. 우리도 여기에서 얼마나 살 수 있을지도 모른다고. 다들 잡혀가지 않을 거라는 보장이 없잖아."

피노키오 캐릭터 말에 고개를 끄덕이던 책이야가 무슨 생각을 했는지 주먹을 불끈 쥐며 말했다.

"모두가 힘을 합치면 되잖아. 나도 도울게."

그 말에 피노키오는 고개를 가로저으며 힘없이 대답했다.

"소용없는 일이야. 아이들이 책보다는 게임을 좋아해서 게임 캐릭터들이 날로 강해져 가고 있어. 아주 사납고 강해!"

피노키어 말에 모두 깊은 생각에 잠긴 듯했다. 그러다가 말 없이 이야기만 듣고 있었던 책 캐릭터들이 하품을 하기 시작했다. 어느새 통풍구 사이로 햇살이 퍼져 들어왔다. 그러자 모든 헌책 캐릭터들이 손을 흔들며 책 속으로 돌아갔다.

피노키오가 책이야를 책방으로 데려다주며 넌지시 물었다.

"책이야, 너도 우리랑 창고방에서 살지 않을래? 넌 완성된 진짜 책도 아니고……."

"난 책방이 재밌어서 좋아. 거기서 나는 아이들의 사랑을 받아서 진짜 책이 되고 싶어."

"그럼, 게임 캐릭터들에게 잡혀가지 않도록 조심해. 네가 이곳까지 왔기 때문에 걔들이 가만히 있지 않을 거야. 그러니까 정말 조심해야 해."

"넌 말끝마다 조심해, 조심해. 계속 벌벌 떨면서 무서워하고 있어. 그래서는 아무것도 할 수 없다고."

그 말을 들은 피노키오가 코를 훌쩍이면서 말했다.

"그렇게 말하지 마. 난 네가 걱정돼서 그런 건데……."

피노키오는 인사도 하지 않은 채 돌아섰다.

'미안해, 피노키오.'

책이야는 어깨가 축 처진 채로 만들기 책 표지 위에 올라가 누웠다.

스핑크스 군단과의
한판 승부

다음 날 저녁이었다. 달빛이 조명등처럼 책방을 신비롭게 비추고 있었다. 책이야는 문득 바깥을 구경하고 싶어졌다. 아이들이 집으로 모두 가 버린 책방에서 혼자 놀기가 심심했던 것이다.

드르륵!

책이야는 책방 문을 열고 마당으로 나갔다. 비록 흙이 없는 마당이었지만, 책방 선생님이 가꾸어 놓았는지 작은 화단이 있었다. 책이야가 막 화단의 나무를 올려다보려고 할 때였다. 어디선가 소리가 들려왔다.

'피노키오가 왔나 봐! 같이 마당에서 놀자고 해야지.'

책이야의 가슴은 반가움으로 두근거렸다. 장난치고 싶은 마음에 재빨리 나무 뒤로 숨었다.

"쿵쿵. 괴상하게 생긴 쫄라맨이 이곳으로 도망친 게 분명해. 냄새가 나, 냄새가."

게임 속의 스핑크스 캐릭터 캥캥이였다.

"멍청하게, 만들다 만 책 캐릭터 따위를 놓쳐서는 귀찮게 만들어."

또 다른 목소리도 선명하게 들려왔다.

아이들이 책방으로 책 읽으러 오는 것을 감시하는 개 캐릭터인 시커먼스였다. 다리가 여섯 개인 캥캥이와 더 많은 다리를 가진 시커먼스의 그림자가 어둠 속에서 드러났다.

"가만, 나무 뒤에서 뭔가 움직이는 것 같은데? 선생님인가?"

"아냐, 선생님이면 저 나무 뒤에 숨기에는 너무 커. 분명히 책 캐릭터이거나 그 쫄라맨이 틀림없어."

캥캥이와 다른 개 캐릭터는 살금살금 화단 근처로 다가왔다.

그때 책이야가 나지막하게 중얼거렸다.

"뭐야, 도둑들처럼 남의 구역까지 들어와서 어슬렁거리고."

책이야의 목소리에 게임 캐릭터들이 고개를 휙 돌렸다.

"누구야? 빨리 나와, 물어뜯기기 전에 빨리!"

캥캥이가 위협하는 목소리로 말했다.

책이야는 나무 뒤에서 모습을 슬쩍 보였다가 다시 숨으며 말

했다.

"나 찾아봐라. 머리카락 보여 줄게. 찾으면 내가 술래할게."

"그 녀석이야! 쫄라맨처럼 생긴 그놈이야! 내가 저놈 때문에 마왕한테 혼난 걸 생각하면 치가 떨린다, 치가 떨려!"

"뭐? 저렇게 작은 놈을 놓쳤다고? 당장 콱 물어뜯어 잔인해 마왕에게 끌고 가서 뭔가를 보여 주자."

캥캥이와 시커먼스는 몸을 파르르 떨며 화를 삭였다.

"난 게임 속 캐릭터가 아니거든! 그래서 PC방으로 갈 필요가 없지. 너희들이 그 무서운 게임 속 캐릭터냐? 정말 웃기게 생겼다."

"이 시커먼스의 그림자가 안 보이냐? 우리 게임 캐릭터들의 잔인함을 못 들어 봤어?"

캥캥이 옆에 있는 시커먼스가 다리를 길게 뻗으며 말했다.

"어휴, 이거 무슨 냄새야? 똥 냄새가 나! 너 설마 태어나서 한 번도 목욕을 안 한 거야? 친구가 되고 싶어도 냄새 때문에 옆으로 갈 수가 없잖아."

"뭐라고? 저 쥐방울 놈이 말하는 것 좀 봐. 이 시커먼 그림자 맛을 봐야 알겠어?"

캥캥이와 시커먼스가 여러 개의 발을 마구 부딪치며 위협해 왔다.

"이 시커먼스의 그림자 맛을 봐라! 네까짓 주먹만 한 책 캐릭터쯤은 한 방에 날려 버릴 수 있다고!"

시커먼스가 방방 뛰며 소리쳤다.

"시커매지도록 똥을 지리고는 목욕을 안 한 거야? 어휴, 옆에 있는 캥캥이는 어떻게 이 냄새를 참는지 모르겠어. 캥캥아, 냄새 때문에 졸도할 것 같지?"

"이, 이게 진짜?"

약이 잔뜩 오른 시커먼스는 커다란 그림자를 흔들며 책이야가 숨어 있는 나무를 휘감으려 했다. 하지만 책이야는 잽싸게 피해 나무 위로 올라갔다.

"넌 세상이 바뀐 것도 몰라? 순순히 이리 와. 내려와서 우리랑 아이들을 지배하자. 정말 신나는 모험이지?"

캥캥이도 펄쩍펄쩍 뛰며 소리쳤다.

"지금도 난 신나는 모험을 하고 있어. 나는 책 속 캐릭터야. 『나도 책이란 말씀이야』라는 책 속 주인공이야."

책이야는 약 올리듯 말하며 팔을 쭈욱 늘려 나무 위에서 다른 나뭇가지 위로 몸을 날렸다. 캥캥이가 책이야의 발을 잡으려고

78

달려들었지만 책이야는 얼른 작은 나무로 피했다. 이때 시커먼스 그림자가 거세게 책이야를 덮쳤지만, 얼른 몸을 나무 밑으로 구부렸다.

하지만 반대쪽에서 캥캥이가 다가오고 있었다.

책이야는 작은 나무 위로 잽싸게 올라간 다음 피할 곳을 살폈다.

그때 갑자기 시커먼스의 그림자가 손을 날렸다. 책이야를 덮쳤지만 얼른 몸을 낮추었다. 그래서 책이야 대신 캥캥이가 한 방 맞고 말았다.

"왜 날 때려? 이 냄새 나는 그림자 자락을 좀 치워, 치우란 말이야! 숨을 못 쉬겠어. 죽을 것 같다고!"

캥캥이와 시커먼스가 버둥대다가, 엉켜서 마당의 시멘트 바닥에 머리를 부딪치고 말았다.

"아얏! 머리통아."

"앗, 머리야! 냄새야!"

캥캥이와 시커먼스는 서로 아픈 곳을 문지르며 소리를 질렀다.

"왜들 그러고 있어? 계속해서 신나는 모험을 즐기자니까."

캥캥이가 벌떡 일어나 다시 책이야를 쫓아왔다. 책이야는 휙 뒤돌아 난간 쪽으로 달렸다.

시커먼스와 캥캥이가 화가 나서 씩씩거리며 뒤를 바짝 쫓아왔다. 책이야는 난간을 잡고 벽을 오르려 했지만, 난간에 오르기도 전에 시커먼스에게 붙잡히고 말았다.

"잡았다, 쥐방울만 한 놈."

시커먼스가 책이야의 다리를 힘껏 잡아당겼다. 캥캥이는 책이야의 목덜미를 꽉 물었다.

"아야!"

책이야의 외마디 비명이 사방으로 울려 퍼졌다.

"어디! 혼 좀 나 봐라. 이상요상한 널 잡아다가 게임 캐릭터로 써먹으려 했는데, 매를 벌어!"

캥캥이가 앞발 두 개로 책이야를 높이 들어 올렸다. 책이야는 눈을 질끈 감았다.

그 순간, 책방에 확 전등불이 켜졌다. 하지만 켜지자마자 다시 팍 꺼졌다. 전깃불이 몇 번이나 깜박이며 꺼졌다 커졌다를 반복하는 게 아닌가? 그러는 사이 책방 문을 누군가가 열려는 소리가 들려왔다.

"아이고, 눈! 눈이 안 보여. 뭐야? 선생님이 계셨던 거야? 선생은 책방 근처에 산다고 들었는데. 어떻게 된 거야?"

시커먼스가 놀라서 시커먼 제 그림자로 얼굴을 감싸며 소리쳤다. 캥캥이도 눈을 가리고 펄쩍펄쩍 뛰어다녔다.

"나 잡아 봐라!"

책이야는 쬐끔 열린 문틈으로 책방으로 잽싸게 들어갔다. 급히 책이야를 따라잡으려던 시커먼스가 문틈으로 들어오려다가 그만 문틈에 끼고 말았다.

"커억! 캥캥아, 나 좀 빼 줘."

시커먼스가 그림자를 흔들며 울부짖었다. 캥캥이는 시커먼스의 다리를 힘껏 잡아당겼다.

"아야, 살살 좀 당겨! 몸이 찢어질 것 같다고!"

"참아! 뚱뚱한 네 몸이 너무 커서 꽉 끼어 그러잖아."

캥캥이가 투덜대며 힘을 주자, 시커먼스는 그림자가 찢어질 듯한 고통에 비명을 질렀다. 그사이 책이야는 책방의 창문에 기어올라 말했다.

"그러게 누가 그렇게 큰 그림자를 두르고 다니래? 캥캥아, 살살 부드럽게 빼 줘야지? 성질 급하게 해서는 될 일도 안 돼."

"너, 가만 안 둬!"

캥캥이는 성질을 부리며 버럭 소리쳤지만, 어쩔 수 없이 살살 부드럽게 잡아당겨야만 했다. 시커먼스를 다치지 않게 하려면 그 방법밖에는 없었다.

"아, 성질머리를 참으니 머리가 어지럽잖아!"

캥캥이는 계속 캥캥거리며 짜증을 냈다.

한참 후에야 시커먼스가 겨우 문틈에서 빠져나와 울먹이며 말했다.

"으흐흑, 내 살가죽인 그림자가 찢어질 뻔했다고."

"커다란 덩치에 울기까지 하니, 자알 어울린다. 계속 울어라."

"너, 두고 봐. 반드시 잡아서 악질의 게임 캐릭터로 만들어 버릴 테니까!"

시커먼스는 그림자 자락을 끌어모으며 앞섰다. 캥캥이는 질질 끌리는 시커먼스 그림자를 붙잡고 복도 쪽으로 뒤따라 갔다.

그때 어디선가 피노키오가 나타났다.

"책이야, 괜찮아?"

"응, 괜찮아. 책방에서 갑자기 전등을 껐다 켰다 한 게 너였어?"

"응. 너 만나러 왔는데, 네가 보이지 않아서 찾다가 비명이 들려서 깜짝 놀라 나도 모르게 전기 스위치를 막 누른 거야. 정말 심장이 쿵쾅댔어. 그런데 넌 참 대단하더라. 난 겁쟁이인데.”

“피노키오, 고마워. 겁쟁이라니, 무슨 소리야. 너 아니었으면 난 큰일 날 뻔했어.”

“아니야, 그런데 어쩌다 그렇게 된 거야.”

책이야와 피노키오는 책방에 앉아서 이야기를 나눴다.

“게임 캐릭터들이 가만있지 않을 텐데, 이젠 어쩔 셈이야?”

“나도 모르겠어. 그때 일은 그때 가서 고민하지, 뭐.”

“그렇게 아무 준비 없이 혼자 싸우다간 위험할 텐데.”

피노키오가 어깨를 축 늘어뜨리며 걱정했다. 책이야는 그런 피노키오의 어깨를 토닥이며 용감하게 말했다.

“걱정 마. 재미있는 책은 쉽게 만들어지지 않잖아. 주인공 캐릭터가 어려운 일을 겪을수록 흥미진진해지는 거라고.”

“그건 맞는데…….”

피노키오는 계속 말을 하려다가 멈췄다. 주인공이 죽을 수도 있다는 말을 차마 할 수 없었던 것이다.

“피노키오, 이런 얘기는 그만하고 재미있게 놀자. 뭐 하고 놀까?”

책이야는 웃었지만, 피노키오는 코를 훌쩍이며 계속 걱정스러워했다. 하지만 그와 달리 씩씩한 책이야는 책방에 있던 색연필, 크레파스를 꺼내서 놀았다.

잔인해 마왕의
잔인한 음모

다음 날 아침, 선생님은 책방 바닥이 어질러져 있는 것을 보고 깜짝 놀랐다.

"어엉? 어제 분명히 깨끗이 치웠는데, 어떻게 된 일이지?"

선생님은 여기저기 흩어져 있는 색연필을 하나하나 주워 모으며 고개를 갸웃거렸다.

"이, 이상하네. 크레파스가 저 혼자 굴러다녔을 리도 없었을 텐데…….'

선생님은 재활용 상자에 조각난 크레파스를 넣으려고 사물함이 있는 곳으로 다가갔다.

'제자리에 다시 갖다 놓았어야 했는데 깜박했어. 혹시 내 만들기 책을 펼쳐 보면 어쩌지?'

책이야는 선생님의 말씀에 귀를 기울이며 쿨쿨 자는 척했다.

"민지야, 혹시 어젯밤에 책방에 와서 놀다 갔니?"

선생님은 막 책방에 들어오는 민지를 보며 말했다.

"아니에요. 혹시 '나도 책이란 말씀이야!' 책이 없어졌어요? 아, 그대로 있구나. 갑자기 사라져 버릴까 봐 계속 걱정했어요."

민지가 빠르게 사물함 옆으로 다가오며 말했다.

책이야는 만일 선생님만 안 계셨더라면 자기를 걱정해 준 민지가 고마워서 멋지게 윙크를 날렸을 것이다.

선생님은 민지의 말에 고개를 끄덕였다.

"그래. 나도 민지가 가져가서 만들기 책을 꾸미면 좋겠다고 생각했는데, 민지도 만들기 책을 계속 꾸며 주고 싶지?"

"네, 제가 만들기 책에 상상하여 이야기를 써 넣고 싶어요."

"그렇구나. 그런데 어젯밤에 몇 번이나 전깃불이 꺼졌다 켜졌다, 정전이 반복되었다는데……. 지하 PC방에서 전기가 합선된 게 아닐까 걱정되네. 시간 나면 PC방에 한번 가서 확인해야겠다. 전기 안전점검도 받아야겠어."

선생님은 만들기 책을 민지에게 건네주며 걱정스런 표정으로 전기 스위치를 바라보았다.

그날 저물녘, 책방 아이들이 모두 돌아간 후 건물 주인이 그

건물에 사는 사람들을 PC방에 모이게 했다.

"아, 바쁘신데 죄송합니다. 어젯밤에 정전이 몇 번이나 반복돼서요. 걱정이 되어 모셨습니다. 어딘가 전기배선에 문제가 있는 것 같아요. 오래된 건물이라 PC방의 전기배선이 복잡해서 말입니다. 내일 한전에서 전기안전 점검을 나올 거예요. 그점 양해해 주시고 전기 점검하는 데 협조를 부탁드립니다."

건물 주인의 목소리는 PC방에 울려 퍼졌다. 입구 쪽 게임기 속에서 죽은 듯 있던 캥캥이가 그 말을 들었다.

'큰일이야, 큰일. 잔인해 마왕님에게 알려야 돼.'

캥캥이는 조바심을 태우며 사람들이 빨리 나가길 기다렸다. 건물을 수리해야 하지 않겠느냐는 등 전기안전 점검부터 받고 보자는 등 이런저런 얘기를 나누던 사람들이 흩어지자, PC방에는 카운터에 아르바이트생만 남아 게임을 하기 시작했다.

캥캥이는 이때다 싶어서 게임기 속에서 빠져나와 작동 중인 게임기 옆으로 다가갔다.

"큰일 났다고! 큰일! 빨리 잔인해 마왕님에게 알려야 해!"

"무슨 일인데? 마왕님 게임기는 저 끝에 떡하니 버티고 있는데 왜 갈팡질팡 헤매냐고! 정신 차려, 정신."

소란스럽자, 잔인해 마왕이 입을 번쩍 벌려 날카로운 이빨을 드러내며 외쳤다.

"뭣 때문에 호들갑이냐!"

그러자 몸이 일제히 이빨 모양으로 바뀌고, 유리칼 머리카락들이 끝을 날카롭게 세웠다. 잔해인 마왕은 성질에 따라 제멋대로 바뀌는 유리칼 캐릭터였다.

"전기안전 점검을 하러 한전에서 나온대요. 잔인해 마왕님!"

캥캥이의 말에 모두들 깜짝 놀랐다.

"뭐? 그게 정말이야? 긴급 대책회의를 소집한다. 모두 고장 난 게임기 속으로 모여라!"

잔인해 마왕이 명령을 내리자 시커먼스가 손나발을 하고 큰 소리로 외쳤다.

"비상! 비상이다! 긴급회의다. 저쪽 후진 게임기 속으로 모여라!"

"대체 무슨 일이야?"

"나도 잘 몰라. 가 보면 알겠지."

게임기 속 게임 캐릭터들이 눈을 번뜩거리며 모여들었다.

"게임 캐릭터들의 회의를 시작한다. 먼저 우리들의 문지기인 스핑크스 캐릭터 캥캥이가 낱낱이 보고해 봐."

잔인해 마왕의 명령에 캥캥이가 목을 다듬으며 말했다.

"캥, 캐캥캥. 그러니까, 말하자면, 이 건물 전체의 전기안전 검사를 한대요. 그렇게 되면, 우리가 엉망진창으로 엮어 놓은 전기선들이 들통난다는 말인데, 말인데…… ."

"쓸데없는 말은 집어치우고! 본론을 말해. 알아듣기 쉽게!"

"캥, 캐캥캥…… . 쉽게 말해서 우리들의 작전이 실패하게 된다는…… ."

"우리의 작전이 실패라니! 지금까지 우리들 세상처럼 잘 굴러왔는데, 다 된 밥에 콧물 빠뜨리면 안 될 말씀이지! 암, 안 될 말이고말고!"

"저, 무, 무서워. 우리의 목숨은 전기가 끊기면 끝장이에요."

"아니야, 요즘 우리가 얼마나 강해졌는데 그렇게 쉽게 무너지겠어!"

여기저기서 게임 속 캐릭터들이 웅성거렸다.

"조용! 조용히 하라고! 왜 고요했던 이 건물이 전기 검진을 하게 됐는지 말해. 그 원인을 알고 있는 캐릭터, 누구야!"

잔인해 마왕의 물음에 시커먼스가 앞으로 나섰다.

"저기, 책방에서 이곳 PC방에 오지 않는 아이들은 그곳에서 공부도 하고 책도 읽잖아요. 그 애들은 우리 게임 캐릭터보다 책 속에 있는 캐릭터들을 더 좋아하는데. 요는 그 원인이, 그…… ."

"긴말은 집어치우고 말해! 나 성질 급한 것 몰라?"

잔인해 마왕이 다그쳤다.

"그러니까, 그곳에 웬 말라빠진 뼈다귀 같은 책이야라는 만들기 책의 캐릭터가 나타났는데, 그놈이 아이들의 관심을 돌려놓으려고……."

"뭐어? 캥캥이에게 붙잡히지 않고 책방으로 들어갔다는 말이잖아?"

잔인해 마왕은 시커먼스를 날카로운 눈으로 노려보았다. 다른 게임 캐릭터들이 여기저기서 웅성거렸다.

"자자, 조용하지 못해? 그놈이 게임 캐릭터들한테 무슨 짓을 했다는 거야?"

시커먼스가 어젯밤에 있었던 일을 다 얘기하고 나서 마지막에 이렇게 덧붙였다.

"콩알만 한 게 어찌나 배짱이 좋은지 놓쳐 버렸어요."

이야기를 마치자 잔인해 마왕의 몸이 홍당무처럼 붉어졌다.

"캥캥이, 넌 입구에서 잡지 않고 뭐 했어?"

"그러게요. 잡아 와서 게임기 속에 넣어서 뜨거운 전기에 감전되게 해 버리려 했는데 어찌나 까불까불 빠른지. 놓치고 말았어요."

캥캥이가 앞발을 긁적이며 말했다.

"못난 놈 같으니라고! 당장 캥캥이부터 전기 감전을 시켜 버려라!"

"캐캥캥캥. 아, 안 돼요. 제발 한 번만 봐주세요. 그러면 시커먼스와 책방에 살고 있는 책 캐릭터들을 다 잡아 올게요. 제발! 제발요."

캥캥이는 앞발 뒷발 모두 들고서 간절하게 애원했다.

"캐캥대지 좀 마! 시끄러워서 귀 아프니까. 좋다! 이번이 마지막이다. 오늘 밤 자정이 되면 시커먼스와 징글징글이를 데리고 가서 책방에 모인다는 고리타분한 책 캐릭터들을 모두 잡아 와라. 그러면 목숨은 살려 주겠다."

잔인해 마왕이 다시 말을 이었다.

"우리 게임 캐릭터들이 전기에너지를 먹고 점점 힘이 세지고 강해지고 있어! 하지만 사람들이 눈치채면 모두가 위험해질 거다! 어젯밤 정전으로 이곳 PC방 전기에 문제가 있다고 생각한 거지. 그래서 모두 위험해질지 몰라. 당분간 이곳을 떠나 있어야 할 것 같다. 자, 이제부터 어떻게 할 건지 얘기해 봐라."

그 말에 게임 캐릭터 사이에서 웅성거리는 소리가 들리기 시작했다.

"이게 다 책이야 때문이야! 놈이 소란만 피우지 않았어도 전깃불이 합선을 일으키지는 않았을 텐데."

"맞아, 맞아. 당장 그놈을 잡아야 해! 그럼 우리가 책방에서 안전하게 지낼 수 있을 거야! 우리를 위험에 빠뜨리게 한 그놈부터 혼내고, 우리가 책방 창고에서 숨어 지내는 거예요.”

“책이야를 게임 캐릭터로 만들어 버리자!”

게임 캐릭터들이 아우성쳤다.

그러나 한 귀퉁이에서는 작은 목소리로 게임 캐릭터들이 수군거렸다.

“아이들이 게임을 좋아한다고 해도, 그래도 우리보다 책 속 캐릭터들이 더 인기 있을 수 있잖아.”

“PC방에서야 우리들이 에너지가 넘치지만, 책방에서는 약해질지 몰라. 책 캐릭터들은 똑똑하다는 소문도 있고.”

“맞아, 책 캐릭터들은 머리를 쓴다잖아. 아무리 힘이 세도 지혜로운 머리에서 나오는 말은 못 당한다고 하던데. 우리는 단순하잖아.”

몇몇 캐릭터들이 책이야와 책 캐릭터들에 대한 소문을 말하면서 두려움에 떨었다. 그리고 이내 웅성거림은 시끄러운 소리로 바뀌었다.

그러자 잔인해 마왕이 탕, 탕, 주먹으로 게임기 판을 두드렸다.

“그만! 조용히 해! 누가 책방에 먼저 가서 우리가 숨어 지내도 되는지 확인해 보고 오겠냐?”

잔인해 마왕의 물음에 순식간에 조용해졌다. 모두 잔인해 마왕의 눈길을 피하며 두려운 표정을 지었다.

"뭐야? 모두가 그럴 용기도 없다는 거야? 엉?"

"……."

"아니, 그러면서 게임으로 이 세상을 정복할 꿈을 꿨냐고? 좋아, 게임으로 이 세상을 정복할 자신이 있는 캐릭터가 갔다 온다. 알겠나!"

"꿀꿀이 너, 많이 먹어 힘이 세다고 자랑했잖아. 안 그래?"

"아니야, 난 그런 말 한 적 없어."

게임 캐릭터들이 서로 책방에 가지 않으려고 다투었다.

"이렇게들 겁이 많으면서 세상에서 가장 사납다고 떠벌렸군. 그 말을 믿었던 내가 바보다!"

"그, 그럼. 잔인해 마왕님이 제일 잔인하니까 책방에 갔다 오든지요."

오징어 캐릭터가 우물쭈물 말했다.

"뭐, 뭐라고. 그걸 말이라고 해? 나의 잔인함을 못 믿겠다는 거야, 뭐야?"

잔인해 마왕은 온몸이 뾰족한 유리칼이었다. 눈도 커다란 유리 조각이었는데, 붉은 눈을 이글거리면서 오징어물렁뼈를 노려봤다. 그런 눈빛에 오징어물렁뼈가 꼬무락꼬무락 오그라들었다. 세상에서 가장 강력한 게임 캐릭터들이라고 떠들어 대던 불칼의 캐릭터들도 몸을 웅크리고 눈치만 봤다.

이때, 겨우 용기를 낸 듯한 꿀꿀이 캐릭터가 말했다.

"좋은 생각이 났어요. 다 같이 책방으로 가는 거예요. 그곳에서 숨어 지내려면 이사 가야 하니까. 다 같이 움직여 버리는 거죠."

모두 고개를 번쩍 들고 잔인해 마왕의 말을 초조하게 기다렸다. 잔인해 마왕은 만족스런 표정으로 이렇게 말했다.

"좋아! 이왕 이렇게 된 거, 함께 가서 그 못난 책 캐릭터들을 모두 노예로 만들어 버리고, 책방까지 차지해 버리지, 뭐. 안 그래?"

"책 캐릭터들이 가만히 있을까요?"

"우리의 잔인함으로 전깃줄을 물어뜯어서 게임 캐릭터로 만들어 버리면 되지, 뭔 걱정이야!"

그 말에 모두가 대답도 않고 눈치만 봤다.

"왜 대답을 안 해!

잔인해 마왕이 버럭 소리를 질렀다. 그 바람에 시커먼스가 화들짝 놀라 큰 소리로 외쳤다.

"출동, 출동하자! 오늘 밤에 책방을 점령하자!"

그 소리에 다른 캐릭터들도 덩달아 외쳤다. 구호의 열기가 점점 번져 갔다. 당장이라도 싸울 듯한 기세였다.

잔인해 마왕은 흡족한 표정으로 단호하게 말했다.

"좋아! 오늘 밤 책방으로 출동이다! 그곳에 사는 찌질한 책 캐릭터들을 모두 잡아 우리의 노예로 만들어 버리자. 그렇게 PC방을 확장하자. 모두 전투할 준비, 책방을 게임방으로!"

"책방을 게임방으로!"

게임 캐릭터들이 방방 뛰며 따라 외쳤다.

"오늘 밤은 찌질이 책 캐릭터들을 게임 캐릭터들로 만드는 날이다!"

"오늘 밤은 찌질이 책 캐릭터들을 게임 캐릭터들로 만드는 날이다!"

만족한 표정으로 선창을 마친 잔인해 마왕이 으하하하 웃고는 말했다.

"캥캥이, 책 캐릭터들에게 가서 전해. 오늘 밤에 재미있는 일이 벌어질 거라고. 항복하지 않으면 모두 게임 캐릭터 노예로 만들어 버리겠다고 말이야!"

캥캥이는 두려움에 떨며 책방을 향해 조용히 걸어갔다.

이 소식을 전해 들은 책 캐릭터들도 긴급회의를 열었다. 창고에 모인 책 캐릭터들의 한숨 소리와 불안에 떠는 목소리가 여기저기서 들려왔다.

"이제 더 이상 우리가 설 자리가 없는 것 같아."

"그래, 요즘 전자책 시대라서 우리들의 시대는 가고 만 거야."

"이러다가 종이책 속에 우리가 살았다는 사실은 역사 유물 박물관에서나 보게 될지도 몰라."

그러나 다른 목소리도 있었다.

"아냐! 이곳 책방 아이들은 모두가 책을 좋아한다고. 우리를 사랑한단 말이야!"

"못난 우릴 사랑한다고?"

"그래, 그러니까 이곳 책방을 지켜야 해. 어떻게 해야 할지 의논해 보자."

피노키오가 말하자 누군가 머뭇거리듯 말했다.

"저…… 이렇게 위험하게 만든 건, 다 그 책이야 때문이잖아. 책이야가 게임 캐릭터들을 화나게 했으니까, 책이야가 책임져야 해!"

"맞아, 맞아. 책이야가 책임져야 해. 죽은 듯이 살던 우리를 위험에 빠뜨렸으니까. 책임지고 게임 캐릭터들의 요구를 들어 주라고 해."

여기저기서 불만이 터져 나왔다.

"그래 봤자 소용없어. 책이야가 혼자 나선다고 해도 게임 캐릭터들은 우리는 물론이고, 이곳까지 차지하려 한다고."

피노키오가 콧물을 훌쩍이며 계속 말을 이었다.

"이번에 지면 우리도 다 게임 캐릭터에게 붙잡혀 게임 캐릭터 노예로 변종되어 그들에게 충성해야 한다고. 그러니까 이제는 힘을 합쳐야만 해."

"난 싸우기 싫어. 우리처럼 한물간 캐릭터들이 점점 흉악해지는 게임 캐릭터들을 이길 수 있다고 생각해? 절대 그럴 수 없어."

"싸워서 게임 캐릭터 노예로 변종되느니, 차라리 책 속에 박혀서 미라가 되겠어. 그러면 역사 유물인 우리를 아이들이 기억해 줄 거야."

책 캐릭터들은 혼란에 빠져 의논을 멈추었다.

그때 입이 쪼그만 미키마우스 캐릭터가 골똘히 생각하고는 말했다.

"나도 조용히 책 속에 박혀 지내는 게 최고라고 생각했어. 그러면 아이들이 추억에서나마 나를 기억해 줄 거라고 생각했지. 그런데 책이야를 만나고서 책 캐릭터도 여전히 사랑받고 있다는 걸 깨달았어. 여러 책 캐릭터가 서로 다른 개성으로 아이들의 사랑을 받듯 말이야. 진짜 책이 아닌 만들기 책 캐릭터가 그렇게 멋진 꿈을 꾸는데. 이제 나도 더는 책 속에 숨어 있지 않을래. 난 책이야를 도와줄 거야. 만약 누구든 책이야를

우리와 같은 책 캐릭터로, 친구로 인정한다면 오늘 밤에 다시
모이자."
　책 캐릭터들은 각자의 책 속으로 돌아가며 깊은 생각에 잠
겼다.

우당탕탕
책방 습격 사건

'책이야는 아무것도 모르고 있을 텐데…….'

피노키오는 불안한 마음을 감추지 못했다. 시간이 흐르고 밤이 깊어지는 것이 무서웠다. 잔인해 마왕 게임의 캐릭터들이 언제 책방을 공격해 올지 모를 일이었다.

"책이야! 너 거기 있니?"

"어? 피노키오, 웬일이야? 자정이 되려면 아직 시간이 남았잖아."

책이야는 만들기 책에서 떨어져 나오며 놀란 표정을 지었다.

"오늘 밤, 게임 캐릭터들이 이곳으로 쳐들어올 거야. 정전 사건이 네 탓이라면서 널 먼저 잡아 게임 캐릭터의 노예로 만들고, 다른 책 캐릭터들도 모조리 끌고 가서 노예로 만들겠지?

아무래도 책방을 점령할 생각인가 봐."

"뭐? 난 괜찮지만, 다른 책 캐릭터들이 피해를 보면 어쩌지?"

책이야는 자신이 원인을 제공했다는 사실에 미안한 마음이 들었다.

"큰 싸움이 일어날 거야. 분명 잔인하고 무서운 게임 캐릭터들이 이곳 책방까지 차지하고 우리는 모두 게임 캐릭터의 노예로 변하게 될 거야. 어떻게 해야 할까?"

"다른 방법이 없다면 맞서 싸워야지. 내가 이런 상황을 만든 이상, 나 혼자서라도 맞설 거야!"

책이야가 두 주먹을 불끈 쥐며 결의에 가득 찬 표정을 지어 보였다. 그러자 피노키오도 무언가를 결심한 듯 두 눈을 반짝였다.

"나도 너와 함께할 거야."

"뭐? 너도? 그럼, 다른 책 캐릭터들은?"

"이러지도 저러지도 못하고 갈피를 못 잡고 있어. 그래도 나는 너와 함께 싸울 거야!"

"고마워, 피노키오. 네가 있어 정말 든든해."

두 친구는 함께 싸울 방법을 의논했다. 나무로 만들어진 피노키오는 힘보다 머리를 써야 한다는 것을 잘 알고 있었다. 무엇보다 머리를 쓰는 전략이 필요했다. 물론 싸움을 하지 않고 이기는 게 최고의 전략이지만, 상대가 쳐들어올 때는 방어의 전략이 필요했다.

방어 작전을 마친 책이야와 피노키오는 마지막으로 책방에 달빛이 들어오지 못하게 커튼을 내렸다. 차라리 어둠이 자신들에게 유리하다는 걸 알았기 때문이었다.

둘은 싸울 준비를 완벽히 끝냈다. 다만 평화롭기만 한 한밤의 고요함 속에서, 뭔가 큰일이 닥칠 것이라는 긴장감은 숨길 수가 없었다.

그러나 책이야는 피노키오가 옆에 있으니 뭔지 모를 따뜻함이 느껴지고 마음이 놓였다. 이런 게 우정일까?

책이야는 피노키오의 콧물을 닦아 주며 말을 건넸다.

"어쩌면, 이 순간을 위해 내가 이곳에 온 게 아닐까. 내가 원하는 모험은 바로 이런 거였거든. 책 속에서 가장 재미있는 부분이 지금 벌어지고 있는 거야."

한편, 게임 캐릭터들이 PC방 게임기에서 불쑥불쑥 튀어나오기 시작했다. 그러고는 줄지어서 게임방 문틈을 비집고 PC방과 건물의 복도를 지났다. 무척 빠르게 책방 입구에 도착했다.

피노키오가 웅성거리는 소리를 듣고 말했다.

"쉿, 오고 있어."

"그래, 올 것이 온다."

둘은 손을 붙잡았다. 온몸 구석구석에 짜릿하게 전율이 느껴지는 순간이었다.

게임 캐릭터들이 책방 문으로 들어오기 시작했다. 앞장서던 캥캥이가 소리쳤다.

"잔인해 마왕님! 뭔가가 길을 막고 있어요."

"무시하고 전진해!"

잔인해 마왕의 명령이 떨어지자마자, 게임 캐릭터들이 하나둘씩 장애물을 넘으려 했다. 하지만 맨 앞에 있던 캥캥이가 넘어지자, 뒤따르던 캐릭터들도 줄줄이 넘어지고 말았다. 책이야와 피노키오가 책꽂이에서 꺼낸 책들로 쌓아 놓은 벽이 그들을 막는 데 성공한 것이다. 앞장서던 게임 캐릭터들이 보기 좋게 바닥에 뒹굴었다.

하지만 뒤따르던 게임 캐릭터들이 금세 책 벽을 무너뜨리고 말았다. 책으로 쌓은 벽은 금방 무너져 버렸다.

"와! 벽이 무너졌다. 전진, 전진하라!"

게임 캐릭터들이 일제히 소리 지르며 우르르 몰려 들어왔다. 그 순간, 어둠 속에서 날카로운 울음소리가 터졌다.

"으아앙! 눈에 뭐가 들어갔어. 눈을 뜰 수가 없어. 어떻게 좀 해 줘! 빨리! 눈을 뜰 수가 없어."

"고춧가루투성이야!"

게임 캐릭터들이 방방 뛰며 어쩔 줄 몰라 했다. 대체 어떻게 된 일일까?

사실은 책이야와 피노키오가 선풍기를 켜고, 그 앞에서 고춧가루를 계속 뿌려 대고 있었다. 그래서 눈에 고춧가루가 들어간 게임 캐릭터들이 눈을 비비며 울기 시작했던 것이다.

두 번째 공격을 받은 게임 캐릭터들은 겁을 먹었다. 어디에 어떤 함정이 있을지 몰라 두려움은 커져만 갔다. 한 게임 캐릭터가 겨우 일어나 기우뚱거리며 걸었다.

"어! 어! 어!"

그러고는 다시 콰당 미끄러졌다. 뒤에 있던 게임 캐릭터들까지 덮치고 말았다. 게임 캐릭터들이 납작 엎드려 벌벌 기어서 일어나려다가 다시 콰당콰당 넘어지고는 했다. 일어서려 할수록 더 넘어졌다.

게임 캐릭터들이 잔인해 마왕을 붙잡는 바람에 잔인해 마왕도 넘어지고 말았다. 사실은 그곳에 책이야와 피노키오가 몰래 들기름을 뿌려 놓았기 때문이었다.

콰당! 머리카락을 바닥에 세게 부딪친 잔인해 마왕은 깨진 머리카락이 몸통을 찔러대는지 울음을 터트릴 듯 입술이 일그러졌다. 캥캥이가 재빨리 잔인해 마왕을 말렸다.

"잔인해 마왕, 울어선 안 돼요! 유리산보다 뾰족하게! 강해야 해요!"

책이야는 잔인해 마왕의 쨍그랑, 쨍그랑 깨지는 머리카락에 울 듯한 표정을 보고 깔깔 웃었다. 책이야가 웃는 소리에 화가 났는지 잔인해 마왕이 소리 질렀다. 그 소리가 너무나 커 모두가 움찔했다.

"살살! 려 줘……!"

잔인해 마왕은 끼익거리는 음성으로 울부짖었다.

"살살! 려 줘……!"

잔인해 마왕은 "살!" 자를 위협적으로 발음했고 "줘." 자의 여운을 길게 남겼다. 싸움을 포기하려는 듯한 느낌이었다.

이 모습을 지켜본 시커먼스가 잔인해 마왕이 너무 나약해 보이는 것을 눈치채고, 게임 캐릭터들의 주의를 자신에게 쏠리게 했다.

"캥캥이, 앞으로 나가!"

"나한테 말하는 거야? 나?"

캥캥이는 난감한 표정으로 물었다.

"우리들 중에 캥캥이가 하나 더 있냐?"

시커먼스가 조롱하는 투로 말하자, 몇몇 게임 캐릭터들이 웃음을 터트렸다. 그러나 이내 분위기가 가라앉았다. 책방 바닥에 뻗어 있는 자신들의 모습이 한심하게 느껴졌기 때문이었다.

바닥에서 엎치락뒤치락하는 게임 캐릭터들은 싸울 힘이 없어 보였다. 시커먼스가 잔인해 마왕의 귀에 뭔가를 컹컹거렸다. 그리고 잔인해 마왕을 일으켜 세웠다. 다른 캐릭터들도 서로 붙잡고 일어나자, 잔인해 마왕이 책이야를 불렀다.

"책이야! 선풍기 앞에 있는 줄 알고 있다. 비겁하게 높은 곳에서 잔꾀 부리지 말고 정정당당하게 싸워 보자!"

그 말을 듣고 책이야가 나서려는데, 피노키오가 책이야의 팔을 붙잡으며 말렸다.

"혼자선 위험해!"

"괜찮아. 잔인해 마왕쯤은 문제없어."

책이야는 피노키오를 뿌리치고 사물함 위에 당당히 모습을 나타냈다. 잔인해 마왕의 모습도 환히 드러났다.

"좋아. 나와 싸우자! 대신 내가 이기면 책 캐릭터들을 괴롭히지 않겠다고 약속해!"

"흐흐흐, 좋다! 대신 네가 잡히면 모두 게임 캐릭터 노예가 되고, 책방도 우리 것이다! 자, 공격!"

'앗! 속았구나.'

잔인해 마왕의 말이 끝나자마자, 게임 캐릭터들이 한꺼번에 책이야한테 덤벼들었다. 책이야는 빠르게 사물함 뒤로 숨었고, 잔인해 마왕과 게임 캐릭터들이 사물함을 향해 달렸다. 피노키오는 게임 캐릭터들에게 고춧가루를 뿌리며 방어했다. 고춧가루가 눈에 들어간 게임 캐릭터들은 바닥에 나뒹굴었다.

책이야는 사물함에서 선생님 책상으로 재빠르게 올랐다. 몸놀림이 빨라 잔인해 마왕에게 곧 잡힐 듯 잡힐 듯하면서도 잡히지 않았다.

하지만 고춧가루가 다 떨어지고 말았다. 그러는 사이, 게임 캐릭터 몇몇이 피노키오가 있는 근처까지 올라왔다.

'안 돼!'

게임 캐릭터들이 피노키오에게 가까이 다가오자, 피노키오는 고춧가루 봉지를 던지고 창고로 도망쳤다. 책이야도 그 뒤를 따르다가 얼른 화장실로 발길을 돌렸다. 그것을 본 잔인해 마왕이 소리쳤다.

"저놈 뒤를 쫓아라! 화장실로 도망친다. 쫓아가서 잡아!"

잔인해 마왕이 책이야 뒤를 바짝 따라붙으며 소리치자, 게임 캐릭터들도 화장실 쪽으로 달렸다.

잔인해 마왕과 게임 캐릭터들이 책이야를 쫓아 화장실로 들어왔다. 그러고는 책이야를 에워싸며 점점 좁혀 들었다. 그 틈을 타 피노키오는 창고로 달렸다.

코너에 몰린 책이야는 얼른 화장실 문을 열고 들어가 문을 잠갔다. 꽝꽝 화장실 문을 두드려 대던 게임 캐릭터들이 팔짝팔

짝 뛰다 술렁댔다.

"물, 물이 있잖아! 물은 우리한테 치명적인데!"

"온몸이 부르르 떨리고 어지러워."

"아유, 차가워! 몸이 졸아드는 것 같아."

게임 캐릭터들의 상태가 심상치 않은 걸 느낀 잔인해 마왕이 몸을 부르르 떨며 말했다.

"안 되겠다. 캥캥이가 가서 책 캐릭터들을 불러와."

잔인해 마왕의 명령을 받은 캥캥이가 창고로 가서 책 캐릭터들을 불러왔다. 책 캐릭터들은 창고에 모여서 어찌할지를 몰라 우왕좌왕하다가, 캥캥이의 화해 분위기에 잔뜩 긴장한 채 모여든 것이었다. 책 캐릭터들은 많았다. 그 수가 얼마나 많던지, 화장실로 오는 데만도 한참 걸릴 만큼이었다.

"이 많은 책 캐릭터들이 저 좁은 창고에서 몰래 모였단 말이야?"

게임 캐릭터들이 놀라며 수군댔다. 책 캐릭터들이 다 모이니 게임 캐릭터들보다 훨씬 많았다.

"뭐야? 우리보다 적잖아?"

피노키오가 앞으로 나서며 말했다. 그 말은 맨 뒤에 있는 책 캐릭터에게까지 들렸다. 게임 캐릭터들은 예상보다 많은 책 캐릭터에 당황했지만, 겉으로는 태연한 척 허세를 부리며 말했다.

"너희들, 당장 PC방으로 가서 우리의 노예가 돼야겠어!"

그러나 코가 유난히 노란 코끼리 캐릭터가 용감하게 맞받아쳤다.

"싫어! 우리는 책 캐릭터로 사는 게 좋아!"

피노키오도 덧붙였다.

"우린 책이야, 아이들도 우리랑 노는 걸 좋아하고!"

그러자 캥캥이가 피노키오를 비웃으며 말했다.

"콧물 찔찔 흘리면서, 눈치코치 없기는! 이제 너희 세상은 끝났다고! 요즘 애들이 책 읽는 것 봤니? 다들 게임에 빠져 있어!"

"그래도 여전히 책방에 오는 아이들이 있잖아. PC방에 안 가고 책방에 오는 애들 봤지? 요즘 애들이 게임만 좋아하는 게 아니라고!"

피노키오가 자신 있게 말하자, 게임 캐릭터들이 멈칫했다. 그러자 자신감을 얻었는지 입이 쪼그만 미키 마우스 캐릭터가 나서며 말했다.

"시대가 변했어도 아이들은 여전히 우리랑 시간을 보내는 걸 좋아해. 너희들은 어른들이 아주 싫어하잖아. 아이들한테 해를 끼친다고. 내 말이 맞지?"

그러자 시커먼스가 시커먼 그림자를 흔들어 대며 투덜댔다.

"어른들까지 생각하고 싶지 않아! 아이들이 우리가 없으면 못 산다는 게 더 중요하지. 그래서 우리가 책방 컴퓨터를 점령할 테니까 빨리 게임 캐릭터로 변신하라고. 설마 계속 책 캐릭터로 살겠다고 멍청이들처럼 고집부리는 건 아니지? 그래 봤자, 전자책이 대세야."

"종이책이 시대에 뒤떨어질 수도 있어. 하지만 계속 그래 왔듯 우리를 소중히 여기는 아이들은 어딘가에 있다고 믿어. 우린 그 믿음으로 살아갈 거야. 그런 믿음이 아이들에게 지혜와 상상력을 주고 있어. 물론 우리도 좋은 전자책 캐릭터로도 탄생하고 시대에 따라 변화할 거야!"

피노키오가 당차게 받아쳤다.

"그래, 요즘에는 책도 게임처럼 전자출판 시대이니까. 너희들은 전자책 캐릭터가 되기 전에 게임 캐릭터로 변신해 보는 거야."

시커먼스의 말에 게임 캐릭터들이 맞는 말이라는 듯 박수를 쳤다. 일이 쉽게 풀리는 것 같았다.

"아냐, 내 말은 계속 책 캐릭터로 책방에 살면서 더는 창고에서만 놀지 않겠다는 뜻이야! 우리를 강제로 PC방으로 끌고 가면 우리도 싸울 거야. 그러니까 빨리 우리 구역에서 나가."

"못 나가겠다면?"

"그러면 싸우기 싫지만 한판 붙어야지."

피노키오가 이렇게 말하자, 모여 있던 책 캐릭터들이 각오를 다지듯 손을 맞잡았다. 책 캐릭터들이 모두 손을 부여잡자, 게임 캐릭터들이 서로 눈치를 보기 시작했다.

"이것들이! 불쌍해서 봐주려고 했더니, 게임 캐릭터들의 잔인함을 모르고 까부네. 좋아, 원한다면 우리의 맛을 보여 줄게. 자, 한판 붙자!"

"그래, 덤벼 봐. 덤벼 보라고!"

책 캐릭터들이 모두 손을 잡고 한 발 한 발 앞으로 나아갔다.

"왜들 이러는 거야? 왜 점점 다가오느냐고? 저리 가, 저리 가란 말이야."

"우리는 물러서지 않아! 이곳은 우리의 책방이자 아이들이 좋아하는 곳이야!"

게임 캐릭터들은 점점 구석으로 몰렸다. 그때 화장실 안에서 책이야의 힘찬 목소리가 들렸다.

"사실은 너희들도 우리가 부러운 거지? 외로워서 사나운 척, 강한 척하는 거지? 가엾다. 날카로운 유리칼을 감싸 버리는 게 솜뭉치야! 우리가 용서해 주고 포근히 안아 줄게. 같이 놀아 줄게. 모두 친구 하자!"

"같이 놀아 줄게. 모두 친구 하자!"

책 캐릭터들이 책이야의 말을 따라 힘차게 말하며 게임 캐릭터들을 몰아갔다. 손을 맞잡고 잔인해 마왕을 향해 성큼성큼 다가갔다.

코너에 있던 잔인해 마왕의 눈동자가 벌겋게 타올랐다. 싸울 각오를 다지는 눈빛이었다. 하지만 안쓰럽다는 표정으로 다가오는 따뜻한 눈빛에 몸이 녹아내린 듯 잔인해 마왕이 눈을 내리깔았다. 그 모습에 게임 캐릭터들이 웅성거리기 시작했다.

영원한 영웅이자
아이들의 친구로!

그 순간 피노키오가 캥캥이에게 달려들었다. 갑작스러운 공격에 캥캥이가 중심을 잡지 못하고 한쪽으로 휘청했다. 그 바람에 피노키오 코가 잔인해 마왕 입으로 들어가 버린 게 아닌가?

꽉꽉 입을 막은 피노키오 코를 빼내려고 발버둥 치던 잔인해 마왕이 뒷걸음치다가 그만 걸레통에 빠지고 말았다. 그 걸레통에는 구정물이 한가득 담겨 있었다. 그 위로 다른 게임 캐릭터들이 넘어지고 또 넘어졌다를 반복하며 구정물에 빠지자 잔인해 마왕이 소리쳤다.

"악! 이놈들아, 저리 가! 숨 막혀! 에고고고, 나 죽는다! 나 죽어……."

"도, 도망가자, 도망가. 빨리 비켜, 비키란 말이야. 난 저런 낯간지러운 말은 몸이 녹아내려서 참을 수가 없단 말이야!"

"나도 따뜻한 말엔 힘이 빠져 버린다고!"

게임 캐릭터들이 흩어지기 시작했다. 다들 사탕처럼 달콤하고 부드러운 말이 간지러워서 죽을 것 같은 모양이었다. 아니, 어쩌면 속마음이 들통나는 게 부끄러운 건지도 모른다. 게임 캐릭터들은 쏜살같이 달아나기 시작했다.

"빨리 잔인해 마왕을 잡자!"

책 캐릭터들이 한꺼번에 잔인해 마왕이 넘어져 있는 걸레통을 향해 다가갔다. 몇 명의 게임 캐릭터가 잔인해 마왕을 보호하려는 듯 에워쌌다. 사납게 손발을 세우고 맞섰다.

"저리 비켜! 아니면 너희가 다쳐."

책 캐릭터들이 달려들어 게임 캐릭터들의 얼굴과 다리를 잡아끌었다. 하지만 게임 캐릭터들 힘에 밀려 손을 놓치고 말았다. 그러자 게임 캐릭터들이 뒤로 자빠지며 잔인해 마왕 위로 넘어졌다.

"그만해! 숨 막혀 죽겠다고!"

잔인해 마왕이 게임 캐릭터들에게 눌린 채 컥컥대면서 외쳤다.

"후퇴! 후퇴한다!"

남은 게임 캐릭터들이 하나둘씩 달아나기 시작했다.

"와아! 우리가 이겼다!"

책 캐릭터들이 모두 손을 위로 치켜들고 기쁨에 넘쳐 소리쳤다. 서로 얼싸안고 춤을 췄다.

"빨리 책이야를 꺼내 주자. 책이야, 책이야!"

피노키오가 화장실 문을 두드리며 소리쳤다. 그러자 화장실 안에서 책이야가 문을 열고 나왔다. 책이야가 얼굴에 웃음을 가득 머금고 말했다.

"피노키오, 정말 훌륭했어. 네 덕분에 이겼어! 나도 화장실에서 나와 도와주려 했는데, 모두가 문을 막고 있어서 열 수 없었어."

"아니야, 네 용기 덕분에 모두가 힘을 합칠 수 있었어. 게임 캐릭터들이 네 말에 힘을 잃기 시작했고. 지혜로운 네 덕분이야."

피노키오가 말하자 "책이야, 책이야!"라고 외치며 책 캐릭터들이 책이야를 들어 올려 헹가래를 쳤다. 그사이 잔인해 마왕은 혹시라도 들킬세라 몰래 화장실을 빠져나갔다.

책방에는 책 캐릭터들만 남아 서로 얼싸안고 외쳐 댔다.

"책이야, 우리 모두 책이야! 책이야, 피노키오, 고마워! 책을 다시 써야 할 거 같아."

"책방의 책 캐릭터들이 모두 모였군요. 아직 진짜 책이 아닌 저를 책 캐릭터로 받아 줘서 고맙습니다."

책이야는 목이 메었다.

피노키오가 기쁨이 넘친듯 말했다.

"달빛이 환히 세상을 비추는 아름다운 밤입니다. 낮에는 아이들이 이 책방의 주인이지만, 달빛이 환한 밤에는 우리들 세상입니다. 우리는 아이들과 똑같이 책방서 노는 영웅들입니다. 이제부터는 창고에 숨어 있지 않고, 당당히 이 책방에서 아이들과 함께할 겁니다. 우리는 모두 친구이고, 영웅이고, 아이들의 친구입니다! 영원히……."

"와아!"

책 캐릭터들이 함성을 지르며 기뻐했다.

그러자 갑자기 장난기가 발동한 책이야가 한 가지 신나는 제안을 했다.

"오늘 밤은 모두가 뮤지컬 공연을 하면서 노는 게 어때?"

"좋은 생각이야! 환상적인 축제의 밤을 시작하자!"

피노키오가 말하자 모두 "와아! 신난다!" 소리치며, 함께 얘기하고, 노래 부르고, 춤을 추며 기나긴 밤을 즐겼다. 다 같이 어울려 노래 부르고 독창을 하고 연기를 하며 재미있게 뮤지컬 놀이를 했다.

남은 밤이 지나가고 아침 해가 밝아 왔다. 책 캐릭터들이 각자의 책 속으로 돌아가기 전, 피노키오가 말했다.

"너도 우리랑 같은 진짜 책이 된 거야. 멋진 모험을 우리랑 마쳤으니까!"

하지만 책이야는 고개를 저으며 만들기 책을 가리키며 말했다.

"아직은 더 만들기 책으로 살고 싶어. 더 흥미진진한 진짜 책이 되어, 피노키오 너처럼 영원히 아이들에게 사랑받는 주인공이 되고 싶거든."

"그래, 그럼. '나도 책이란 말씀이야!' 책에 나도 계속 등장해 줄게."

둘은 툭툭 치며 장난치다가 아쉬운 듯 헤어졌다. 먼저 피노키오가 '피노키오'라는 자기 책 속으로 쏙 들어갔다. 책이야도 책방 문이 열리는 소리를 듣고 얼른 만들기 책 표지에 착 들러붙었다.

책방이 열리고 민지가 들어왔다. 민지는 다른 건 쳐다보지도 않고 책이야에게 다가와 인사했다. 그러고는 만들기 책을 펼쳤다.

"책이야, 안녕? 어젯밤에 어떤 모험을 했는지 볼까? 어어, 힘든 척하는 걸 보니 엄청난 모험을 한 것 같네?"

민지는 만들기 책을 한 장 한 장 넘기면서 활짝 웃었다.

책이야는 자랑스러운 듯 고개를 살짝살짝 들어서 고개를 끄덕였다.

만들기 책의 빈 페이지들이 '이곳에 이야기를 써 줘.'라고 속

삭이는 것 같았다. 갑자기 민지의 가슴에 불꽃이 타오르는 것 같았다. 책이야는 그 불꽃을 지켜보며 민지가 자신의 상상력을 펼칠 수 있도록 기다렸다. 그러자 민지의 머릿속 복잡함이 풀어지는 것 같았다.

"이 책을 내 상상력으로 채우는 거야!"

그 순간, 책이야는 살아 있는 듯 민지와 함께 상상 속으로 빠져들었다. 페이지가 채워질 때마다 상상 속 세상이 드러나기 시작했다. 책이야는 민지를 상상력으로 안내했고, 민지는 책이야를 상상 속 책방으로 안내했다.

만들기 책 꾸미기에 한참 빠져 있던 민지는 문득 교실 바닥을 보았다. 여기저기에 고춧가루가 뿌려져 있었다. 김치 담그기 실습할 때 남아서 분실물 보관함에 넣어 둔 거였다. 또 바닥에는 크레파스가 여기저기에 뒹굴고 있었다. 책도 많이 떨어져 있고 화장실 문까지 열려 있었다.

"밤새 누가 와서 책이야랑 놀다 간 거 같네? 선생님 오시기 전에 치워야겠어."

민지는 부지런히 청소를 시작했다. 아침 햇살이 민지와 책방을 따사로이 비추고 있었다.